José Saramago

6 de Novembro de 1985

José Saramago

6 de Novembro de 1985

HORÁCIO COSTA

Entrevista e Apresentação

SAULO GOMES THIMÓTEO

Posfácio

Ateliê Editorial

Dados Internacionais de Catalogação na Publicação (CIP)
(Câmara Brasileira do Livro, SP, Brasil)

Costa, Horácio
José Saramago, 6 de Novembro de 1985 / Horácio Costa, entrevista e apresentação; Saulo Gomes Thimóteo, posfácio – 1. e.d. – Cotia, SP: Ateliê Editorial, 2022.

ISBN 978-65-5580-040-1

1. Escritores portugueses – Entrevistas 2. Saramago, José, 1922-2010 – Entrevistas I. Thimóteo, Saulo Gomes.
II. Título.

21-71360 CDD-928.69

Índices para catálogo sistemático:

1. Escritores portugueses: Entrevistas 928.69

Maria Alice Ferreira – Bibliotecária – CRB-8/7964

Direitos reservados à
ATELIÊ EDITORIAL
Estrada da Aldeia de Carapicuíba, 897
06709-300 – Granja Viana – Cotia – SP
Tel.: (11) 4702-5915
www.atelie.com.br / contato@atelie.com.br
facebook.com/ateliееditorial | blog.atelie.com.br
2022

Printed in Brazil
Foi feito o depósito legal

SUMÁRIO

JOSÉ SARAMAGO

Horácio Costa

Quinta passada, jantar em casa de Tom Colchie. A comida, árabe; a companhia, muito mais interessante do que ela. Por um lado, Márcio Souza [...] *vindo lá do Amazonas, para vender mais em* NY [...]. *Doutro lado, José Saramago e Senhora. Ela, segundo* M.*, parece-se com mulher de exilado espanhol no México: algumas joias, boas roupas, e muito temperamento. Ele, um mistério, um encanto. Foi convidado para ser o dono da festa. Sem que eu pretendesse, terminei por monopolizá-lo. Creio que por haver lido praticamente sua obra inteira como por estar* on the verge *de fazer um projeto de dissertação que verse sobre ela. Está encantado com a possibilidade de alguém – um brasileiro! – nos* EUA *pensar em dedicar-lhe uma tese (um futuro livro crítico). Antes, Saramago e Isabel haviam estado em Santa Barbara, com* D. *Mécia de Sena. Ela é mesmo ótima: tinha dado a ler minha carta, em que pedia a sua recomendação para a Gulbenkian, ao próprio escritor. Depois do jantar, ele me disse que a bolsa é certa. Esperemos.* [...] *Tivemos um bom encontro. Funcionou. Dei-me bem com o casal. Ufa, que não sabia eu bem o que pensar, antes. Depois de amanhã vou entrevistá-lo em* NY. *Creio que saberei como proceder numa entrevista. O negócio é fazer o entrevistado falar, certo? O Saramago é do campo; apesar de escritor e urbano, mantém sempre uma certa reserva.* [...] *A ver.*

Começo este texto citando literalmente este trecho que corresponde às páginas 182 e 183 do volume VIII do meu diário, que tinha começado a escrever na Cidade do México em dezembro de 1983 – um caderno de 288 folhas pautadas e numeradas, de capa dura, preenchidas ao longo de dois anos e meio. Se não tivesse acesso a esse fiel testemunho de minhas andanças, não teria conseguido me lembrar em quais circunstâncias tinha conhecido pessoalmente Saramago: minhas memórias dessa noite na casa do tradutor e agente literário americano Tom Colchie – quem, àquela altura, representava alguns dos mais exitosos escritores da língua portuguesa para a inglesa – já estavam praticamente apagadas, passados 35 anos. José e sua esposa chegaram tarde àquele apartamento da ponta norte de Manhattan, construído nas primeiras décadas do século passado e situado a pouca distância do escarpado parque onde se situa um dos museus mais interessantes da ilha, o dos Cloisters, dedicado à arte medieval. A sala era dividida do *hall* de entrada por uma curiosa e elíptica balaustrada, que se abria no centro em dois degraus que desciam para o espaço do *living* propriamente dito. Um estilema arquitetônico de época ao qual não atentou o escritor português: a primeira imagem que dele guardo é justamente a do desequilíbrio que sofreu ao perder pé em sua atabalhoada descida à sala. "Ai, ai, minhas costas": apalpando a sua coluna lombar, Saramago não soltou nenhum palavrão, coisa que muita gente – eu, por exemplo – teria feito. O anfitrião logo lhe oferece um comprimido, que não me recordo se aceitou ou não. O que me lembro é que logo estabelecemos uma conversa animada. A solicitação que lhe fiz para uma entrevista veio, nesse sentido, naturalmente.

Não me recordo onde Saramago e sua mulher estavam hospedados, mas comentei-lhe de um café no West Village, área que conhecia melhor por lá ter vivido durante o período em que cursei o mestrado na New York University e, francamente, zona muito mais simpática do que o norte da ilha. Tenho vaga lembrança de que ele manifestou que queria caminhar por Manhattan para conhecer melhor a cidade. Meu companheiro de então, o poeta mexicano Manuel Ulacia, e eu nos hospedávamos via de regra em um convento católico (!) que fica na rua 23, justo a que divide o Village de Chelsea. E a cem metros do celebérrimo Chelsea Hotel, onde o pessoal da pesada dos anos 1950 e 1960 se hospedava – e se drogava –, frequentemente mencionado em biografias de muitos nomes da contracultura como Warhol, e cantado, por exemplo, por Leonard Cohen. Pois, em um ambiente absolutamente oposto, a hospedaria do convento, chamada The Leo's House, pulcríssima, com quartos austeros como celas e banhos no corredor, cobrava uma fração do que se pagaria para hospedar-se em hotéis da vizinhança – o decadente Chelsea, inclusive. Lá passávamos os fins de semana quando viajávamos de New Haven a Manhattan, meu companheiro e eu, jamais deixando claro aos monges, obviamente, que constituíamos um casal *de facto*. No Leo's House só se permitia a hospedagem de casais – digo: heterossexuais – com a apresentação de um documento de casamento, portanto, *de jure*. O porteiro da noite, um rechonchudo negro *gay* de *closet*, bem que se tinha dado conta de nosso *status* matrimonial informal, mas ficamos amigos. Nunca nos delatou, *et pour cause*, aos circunspectos religiosos. Coisas de Nova York.

Pois, era esse o lado de Manhattan que queria mostrar ao José em nosso segundo encontro. Caminhamos os três, Manuel, ele e eu, até o Café des Artistes, então situado na Greenwhich Avenue entre a 7ª e a 6ª Avenidas, e a duzentos metros do Bar Stonewall no qual, como é consabido, começou todo o movimento político de defesa dos direitos das minorias sexuais. Não me recordo se falamos do Stonewall; é possível, posto que nos encontrávamos na zona boêmia por antonomásia de Nova York e o caminho entre a rua 23 e o Café des Artistes era razoavelmente extenso. Porém, justamente, com alusão ao que viemos conversando sobre a vida e a obra do entrevistado nessa caminhada, começa a entrevista que se seguirá, realizada em um recanto relativamente separado desse café, no desvão de uma *bay-window* que dava para o interior da quadra, no começo da noite do dia 6 de novembro de 1985. Manuel sentou-se em outra mesa, à distancia, e Isabel da Nóbrega, com quem Saramago estava casado, teve uma participação rápida, que coincidiu com o final da conversa, como se verá.

Com todas as indicações de como, onde, quando se deu esta entrevista com José Saramago começo o presente texto. Por que demorou ela tanto a vir a público? Mais tarde voltarei a isso, mas, em primeiro lugar, vale dizer que não quis publicá-la antes de definir o projeto e realizar, *i.e.*, escrever, a minha tese. Vale ainda assinalar que sim, como previra o José, ganhei uma bolsa de pesquisa da Fundação Gulbenkian e que passei parte do ano de 1986 em Lisboa, basicamente levantando tudo o que havia disponível sobre o escritor na Biblioteca Nacional, na velha Hemeroteca, no arquivo do *Diário de Notícias*, com incursões pela Torre do Tombo. O projeto que apresentei a essa fundação não teve nada, mas nada que ver com o que depois tornou-se o trabalho e o livro *José Saramago: O Período Formativo*, publicado em Lisboa em 1997, em Belo Horizonte em 2020 e em tradução ao espanhol no México em 2003[1]. Há relativamente pouco tempo escrevi sobre esse processo e, portanto, não continuo nessa direção[2].

1. Horácio Costa, *José Saramago: O Período Formativo*, Lisboa, Caminho, 1997 e Belo Horizonte, Ed. Moinhos, 2020; em tradução de Fátima Andreu: *José Saramago: El Periodo Formativo*, México D.F., Fondo de Cultura Económica, 2003 (disponível em ebook-Kindle).

2. Horácio Costa, "Antes do Nobel: Um Testemunho", em *E Agora, Josés? – José Saramago e José Cardoso Pires 20 Anos Depois*, org. Teresa Cerdeira, Luci Ruas, Maximiliano Torres *et al.*, Belo Horizonte, Moinhos, 2019,

Mas, sim, friso que, no instante em que se deu esta entrevista, não sabia eu, ainda, o que me esperava em minha futura visita a Portugal e, depois de ter em função dela tomado consciência da diversidade da obra saramaguiana, e concomitantemente, da ausência de estudos compreensivos sobre ela, por qual vereda me proporia desbastá-la.

Nesse sentido, a segunda entrevista que realizei com José Saramago, publicada no n. 17 (dezembro de 1998) da paulistana revista *Cult*, feita em setembro porém coincidentemente publicada no mês em que ele recebeu o Nobel[3], revela-se mais focalizada do que esta primeira, que ora se publica pela primeira vez. Justamente, relida depois de 35 anos de sua realização, esta aproximação a Saramago e sua obra, por um então jovem seu leitor e estudioso em definição, ganha, a meu ver, maior frescor e, ao menos para mim, interesse. Comparada com a segunda, esta entrevista é tanto menos temática quanto mais amplo o seu escopo, e maior sua duração. Deixando de lado tais aspectos, entretanto, e retomando algo que acabo de mencionar, há um viés sobre o qual chamo a atenção do leitor: trata-se da primeira conversa *tête-à-*

pp. 65-70 A primeira versão deste texto encontra-se publicada em *Edición y Circulación del Libro en Iberoamérica desde el Final de la Segunda Guerra Mundial* (Ed. Daniel Neto e Isabel Araújo), Gijón (Espanha), Trea, 2020, pp. 135-140.

3. Horácio Costa, "José Saramago", *Cult* n. 17; republicada em *Cult 20 Anos. Melhores Entrevistas*, org. Daysi Bregantini e Welington Andrade, Belo Horizonte, Autêntica Editora, 2017, pp. 41-42.

-*tête* entre um pós-graduando brasileiro de trinta anos em uma *ivy-league*, com um autor português cuja notoriedade estava apenas começando – nesse sentido, e como ele declara na entrevista da *Cult*, um autor "novo", só que de 63 anos, e que apenas nove antes havia publicado o seu primeiro relato "sério" em prosa de ficção (*Manual de Pintura e Caligrafia*, 1976). O aspecto, nesse sentido, puramente comunicativo deste, sim, diálogo – mais do que uma "entrevista" no sentido usual da palavra –, ressaltou-se-me na medida em que, finalmente, tratei de transcrevê-lo, com a ajuda de meu ex-doutorando e saramaguiano por mérito próprio, Saulo Gomes Thimóteo, e transformá-lo no texto que aqui se publica.

Ora, como se depreende do entrecho do meu diário que está em epígrafe, nunca tinha feito, nem dado, nenhuma entrevista antes. Foi um (bom) acaso da vida que a minha primeira experiência nesse quesito se desse com um dos grandes nomes da literatura em língua portuguesa. Porém a sensação que me fica é que, àquela altura, tampouco o José tinha muita experiência em ver-se entrevistado no estrangeiro e sobre aspectos que, segundo o meu conhecimento, não tinha particularmente tratado em sua terra natal em ocasiões semelhantes. Claro, já a seu favor estava a notoriedade desde que recebera o Prêmio Cidade de Lisboa por *Levantado do Chão* em 1980, e, mais ainda, devido ao grande êxito de crítica, e as traduções, e as viagens, que lhe advieram depois de *Memorial do Convento* (1982) e de *O Ano da Morte de Ricardo Reis* (1984). Essa era a parte mais importante do *corpus* a que me refiro acima, ao dizer que então conhecia "toda a sua obra": pura presunção que deve-me ser desculpada e que bem revela a minha pouca experiência. Embora tivesse comprado em uma viagem a Portugal naquele mesmo 1985, alguns livros seus do que viria a chamar de "período formativo" encontráveis em reedições então recentes (e cuja lista exata, para ser sincero, não me recordo mais), mal sabia eu o que sistematicamente levantaria, ademais desses livros, em Lisboa dentro de alguns meses.

Esse diálogo assimétrico entre um pós-graduando, obviamente feliz com a perspectiva de estudo que descortinava, e um escritor tardio que se confessava surpreso com a sua recente ascensão ao teatro internacional da literatura, é possivelmente, e para lá dos conteúdos nele desenvolvidos, justamente o que de mais característico têm estas páginas. Longe estávamos de pensar, àquela altura, que poucos anos depois o mais importante crítico literário norte-americano da segunda metade do século, Harold Bloom, o mesmo professor cujas aulas me esforçava por assistir em Yale – quase sempre sem êxito, porque o anfiteatro lotava duas horas antes de seu ingresso – qualificaria o José de "o maior narrador vivo". E que a Academia Sueca o colocaria, como posteriormente me disse, como finalista em várias edições, desde 1990, para o mais importante prêmio literário do planeta, até a outorga em 1998.

Alguns dos tópicos que perguntei a Saramago refletem diretamente o universo aberto a mim pela experiência em Yale. Por exemplo, refiro-me à avaliação do Barroco como momento estético preferencial, àquele momento, do escritor, e ao valor da prosa barroca enquanto modelo para a escritura de *Memorial do Convento*. Insisti no tema, obtendo uma declaração circunstanciada sobre esse período do idioma português por parte de JS, como o leitor poderá verificar, talvez a primeira desse teor feita pelo escritor em uma entrevista. Entretanto, ao contrário do que eu suspeitava, haja visto o quociente de sua admiração e, mesmo, de reflexão e utilização do Barroco, *não* dimensionou este enquanto repositório de algo "metafísico" da língua ou "núcleo espiritual" do português. No segundo semestre do 1985, cursava uma disciplina no Departamento de Literatura Comparada de Yale ministrada pelo filósofo Jacques Derrida, no qual analisava a vinculação da língua com as noções de nacionalidade e nacionalismo a partir, especificamente, de leituras de obras de Heidegger e Adorno, que me permitiram escrever um longo ensaio que se mantém bastante bem nessas premissas teóricas, no qual focalizo a germanofilia de Guimarães Rosa, ensaio esse que estava escrevendo nessas semanas[4]. Teria sido instrumental para o pós-graduando à cata de tema de tese se JS e Rosa convergissem em algum horizonte na apreciação do português no sentido que aqui esboço, mas não. Esses grandes narradores não permitiam, ao menos para mim à época e no quesito que menciono, uma perspectiva analítica comum, mesmo que ambos tenham uma base semelhante dentro das respectivas literaturas – no caso de Rosa, a regionalista brasileira, e no de Saramago, o neorrealismo português –, que redimensionariam, ultrapassariam através de suas aventuras na prosa de ficção. A aproximação de Saramago a ambos esses tópicos – pervivência do Barroco e simultânea refutação de qualquer noção de "metafísica da língua" (o que, afinal, não nos deve surpreender em um escritor confessadamente, embora talvez discutivelmente, materialista) –, são, a meu ver, aspectos a serem ressaltados, mesmo a 35 anos da realização da presente entrevista.

Por outro lado, ainda que eu àquela altura não tivesse ainda definido o tópico de meu futuro trabalho sobre Saramago, foi a partir da experiência em Yale que comecei a considerar as obras dos autores como um todo, e não como textos isolados, como muitas vezes são estudadas na academia. Nesse sentido, a leitura àquela época

4. "Sobre as Afinidades Eletivas: Guimarães Rosa e a Alemanha", *Revista USP*, n. 22, pp. 111-227, 1990.

de *Borges: A Literary Biography* do professor Emír Rodríguez-Monegal, meu tutor e de quem era o assistente para um curso sobre vanguardas e que naquele momento se encontrava consumido pela doença que ceifaria a sua vida dez dias depois da realização da entrevista, me alertou para os riscos que uma visão crítica excessivamente compartimentalizadora poderia acarretar na avaliação do percurso literário de um determinado autor[5]. Ora, um conceito como o de "biografia literária" não seria possível de desenvolver-se no estudo da obra de um autor que parecia não ter a totalidade da sua obra édita minimamente avaliada em termos críticos. Nesse sentido, os esforços que tinha feito de localizar livros de José Saramago nas bibliotecas americanas tinha sido inútil: nem na do Congresso, e menos na de Yale, ambas monumentos da acumulação de informações bibliográficas nos Estados Unidos, tinha eu conseguido material sobre ele, e essa espécie de "silêncio crítico" me intrigava. Teria JS de fato "nascido adulto", estreado como um narrador cheio de recursos, porém sem passado, e tal para a acla-

5. Emír Rodríguez-Monegal, *Borges, A Literary Biography*, Nova York, Dutton, 1978. Sobre a tradução dessa obra ao castelhano, publiquei uma nota – "La Crítica como Creación: Borges, Una Biografia Literaria", *Vuelta* (dirigida por Octavio Paz), vol. 12, n. 133-134, México D.F, 1987, pp. 67-68, ensaio também aparecido em meu livro *Mar Abierto – Ensayos de Literatura Brasileña, Portuguesa e Hispanoamericana* (México D.F., Fondo de Cultura Económica, 1998; publicado em português pela Lumme Editor, São Paulo, 2010).

mação de público e crítica que experimentava, tendo sido revelado por suas três últimas obras assim repentinamente, na casa dos sessenta anos? Essa versão, talvez boa para elaborar *press-releases*, para mim não colava, simplesmente. Como disse, ao longo de 1985 já tinha lido títulos anteriores à sua estreia como romancista, isto é, sobre a sua lenta maturação, fenômeno que me intrigava. Ressalto esse segundo tópico como de interesse na presente entrevista. Foi ele, afinal, o que prevaleceu, em minha posterior abordagem ao "período formativo" de Saramago. Talvez hoje já se possa, em função desse levantamento original e dos que o seguiram, pensar em escrever uma "biografia literária" de JS.

O que me leva a regressar ao diálogo improvável entre o então jovem pós-graduando e o narrador em ascensão. O que ensinam os manuais de entrevista, amparados pelo senso comum, é que quanto maior a confiança entre as partes, entrevistador e entrevistado, maior a chance de que o resultado seja exitoso. Parece-me que isso se deu nessa noite de 6 de novembro de 1985 entre JS e mim. O leitor dirá, e espero que corrobore com esta minha avaliação, passados 35 anos.

Uma palavra final. Ora, por que ela não veio à luz antes? Pois, porque esteve perdida entre as muitas caixas de papéis e livros que vieram do México, quando regressei ao Brasil em 1997 e 2001, nas duas mudanças que trouxe de lá por via marítima. Como disse acima, não queria publicá-la antes da finalização da minha tese. A publicação deu-se no fim de 1997, e àquela altura eu só pensava, de fato, na trabalheira que me daria regressar ao Brasil e procurar trabalho, depois de vinte anos vividos fora. O longo processo de retorno levou quatro anos, até passar a fazer parte da Universidade de São Paulo, em 2001. A prioridade por essa época era bem outra: voltar. Depois, adaptar-me às circunstâncias.

Quando dei por mim finalmente pensando nos dois cassetes – em cujas capas está simplesmente escrito a lápis o título desta entrevista, numeradas I e II, bem graficamente gravados, *hélas*!, em minha memória visual – não os encontrei. Procurei-os sem muito afinco, ou denodo insuficiente, posto que os não pude mais atinar e, enfim, a explicação mais à mão que me dava é de que tinham sido perdidos, entre muitos outros itens que o foram, nas mudanças e concomitantes processos alfandegários entre o México e o Brasil. Ficou, portanto, por isso mesmo, e quem já fez muitas mudanças internacionais poderá não estranhar o que acabo de dizer. Às vezes me recordava dela, da entrevista, e deles, os cassetes, sempre com sensação de culpa por não tê-la transcrito e publicado antes. Mas, como os que estudam a memória sabem, nada mais fácil do que esquecer seletivamente o que nos incomoda.

No Brasil, mudei algumas vezes até a minha morada atual: no processo, por anos mantive um estúdio no centro de São Paulo, onde acumulei algumas das caixas provenientes do México, procrastinando o momento – feliz, pelas surpresas agradáveis que sentiria ao entrar em contato com esses fragmentos de uma vida passada? Ou doloroso, pelo peso das advenientes memórias? – em que as abriria. Foi necessário uma pandemia e colocar o estúdio do Copan à venda para me obrigar a abri-las e classificá-las, e… bingo! em uma preta caixa de sapato onde havia escrito "Correspondência dos amigos", recheada de cartas sem envelopes dos anos 1980 e 1990, lá estavam as fitas, em perfeito estado, e prontas para começarem a falar, isto é, a serem ouvidas. Agradável surpresa que agora compartilho com quem se dispuser a ler a presente entrevista.

O que se segue é a íntegra desse documento. Aqui finalizo, não sem antes agradecer a Pilar del Río, amiga e viúva de José Saramago, pela cessão dos direitos, e novamente à paciência do Saulo, com quem destrincei momentos tornados obscuros da gravação, mesmo porque o ruído interno do Café des Artistes e do meu precário gravador na ocasião muitas vezes dificultaram a percepção fluida das falas de entrevistador e entrevistado.

Osasco, 6 de outubro de 2020.

ENTREVISTA

José Saramago / Horácio Costa

HORÁCIO COSTA: José, nós viemos desenvolvendo uma série de tópicos enquanto caminhávamos entre a rua 23 e a Greenwich Avenue até o Café des Artistes, onde há cinco minutos entramos. Conversamos sobre a tua relação com o trabalho, primeiro. Em que você, surpreendentemente, disse que não volta a burilar demasiadamente os seus textos. Que os desenvolve, como se fosse um atleta, dentro da sua cabeça e depois você os escreve.

JOSÉ SARAMAGO: Como se fizesse exercícios, aquecimento interior, até o momento em que me ache preparado para começar a correr, digamos.

HC: Isso nos levou em seguida a um segundo tópico importante que era a que tipo de língua e de relação com a língua tem quando escreve. É uma relação de oralidade, não como se o leitor estivesse lendo a escritura, mas sim como se ele estivesse ouvindo você contar a história. Nesse momento você se definiu como um contador de histórias. Você conta histórias, escreve como quem estivesse contando histórias.

JS: Mas, em todo caso, não no sentido de contador de histórias num sentido tradicional. Porque acontece que eu seria incapaz de, oralmente, contar uma história. Penso eu. Não seria capaz de interessar suficientemente os meus ouvintes para ouvirem uma história que lhes fosse contar oralmente. É como se suprisse um certo grau de incapacidade de comunicação oral, no sentido de quem conta uma história. É como se a suprisse, transportando para a escrita, a "ciência" do narrador oral com os artifícios que a própria linguagem escrita permite, admite e até impõe, em alguns casos. Portanto, sou um narrador oral frustrado, digamos, que se compensa narrando por escrito. Tenhamos a questão assim.

HC: Você deu uma chave muito importante para a tua relação com a oralidade ao mencionar a prosa portuguesa barroca do século XVII, onde a oralidade representava tanto, porque era uma prosa sermônica...

JS: Em muitos casos...

HC: Então eu gostaria que você falasse mais um pouco sobre as tuas leituras do barroco e como ele chega até a tua linguagem.

JS: No fundo, a minha relação com o barroco literário português não pode ser separada da minha relação com, vamos ver... com a própria língua portuguesa anterior ao barroco. Eu vejo o barroco como um ponto de chegada, que não é um ponto de chegada que se chegue e donde não se parta mais, mas parece a mim um ponto de perfeição, se a palavra existe, ou se o estado de perfeição existe. Nesse momento, a língua portuguesa chegou em sua capacidade expressiva, e na sua capacidade, digamos, musical. Há realmente uma língua musical no século XVII. É uma língua de grande orquestra. Não é uma língua de pequena orquestra de câmara. É uma língua quase operática...

HC: Sinfônica...

JS: Sinfônica, digamos assim. Sobretudo na sua expressão eclesiástica que, evidentemente, tem muito de banalidade muitas vezes, no ponto do conceptismo e do cultismo, levados já ao puro delírio. Mas que, nos seus melhores casos, a língua portuguesa tem de fato uma nobreza – a palavra, se calhar, está um pouco desacreditada, mas usemo-la – tem realmente uma nobreza de ser inteiro. A língua portuguesa no século XVII é como se fosse um ser acabado, perfeito. Até aí, crisálida, e no século XVII, subitamente, inseto perfeito. O inseto perfeito não existe em crisálida, mas é no século XVII que o inseto perfeito existe. Ora bem, mas isso não separa, por exemplo, da fascinação que ainda hoje representa para mim a leitura de um Gil Vicente ou de um Fernão Lopes, sobretudo do Fernão Lopes, como língua que começa – também não começa aí –, mas tem-se a sensação, a impressão de uma língua que está a fazer-se a si mesma com todas as suas irregularidades, todas as suas contradições, todas as suas perplexidades. A própria língua está perplexa disso. Isso a mim fascina muito, esse fazer, a língua no momento em que se está a fazer a si mesma. E é esse trajeto entre um Fernão Lopes, por exemplo – ou os cancioneiros, vamos lá –, e o século XVII que me fascina, fascina-me neste grande sítio. A partir daí, do século XVII pra cá, é evidente que há grandes momentos da língua portuguesa, como o Camilo Castelo Branco, como o Almeida Garrett, como o Eça de Queirós, mas o momento de cristalização ficou. Para alguém, como eu, que tem, ou que passou a ter, essa necessidade de transferir para a escrita os mecanismos, os processos, e até os artifícios e os truques da linguagem oral, a linguagem do século XVII tinha de me interessar muito. Porque ela mesma, quando foi escrita, foi para ser escrita, e não por ter tido antes a palavra dita. Dá-nos sempre, a mim pelo menos, a impressão que é uma mera fixação escrita da palavra que foi dita antes. Então isso cria em mim uma relação ambivalente, digamos, com a escrita. Ao mesmo tempo em que estou a pensar em mim como autor, como narrador, tentando dar na frase a melodia, se quiser, a harmonia, o ritmo, o compasso, tudo aquilo que na palavra há, ou numa sucessão de palavras numa frase ou num discurso há, eu tenho de estar ao mesmo tempo preocupado com o modo como o meu leitor me vai ler, e quando digo leitor, no fundo, rigorosamente, não é o leitor, é o meu ouvinte. Como é que ele me vai ouvir naquilo que de mim vai ler. Daí que algumas vezes as minhas frases pareçam um pouco mais longas do que aquilo que devia ser necessário. É como se, parecendo estar tudo dito, e provavelmente estando já tudo dito, eu tivesse de acrescentar ainda mais três, cinco ou dez palavras, porque a frase musical exige uma conclusão. Que o sentido perfeito – imaginemos que isso existe – do que está dito antes, se como sentido está completo, não está completo como música.

HC: Certo...

JS: Ora bem, como eu penso que, no fundo, falar é fazer música. Porque tudo na fala se passa como se estivéssemos a fazer música. No fundo, o que é que nós usamos? Usamos sons mais graves e mais agudos, mais altos ou mais baixos, e usamos pausas. Tudo isso é feito de sons e de pausas e não há mais nada. A meu ver não há mais nada.

HC: Falamos em pauta...

JS: Falamos em pauta! O canto gregoriano, o chamado "canto chão", no fundo, não é outra coisa senão isso. E é um estado intermédio entre o canto e a fala. Que participa de um e participa do outro. E é fixável numa pauta. A nossa própria fala podia ser fixada numa pauta.

HC: Sem dúvida.

JS: Nós não achamos que seja necessário, mas ela podia ser fixada.

HC: Muito da música contemporânea americana, por exemplo, é isto.

JS: Tem que ver com isto. Ao tomar uma fala como música na escrita, tenho de obedecer regras internas.

HC: Ritmo...

JS: Agora, esta é a questão, pode se pensar: "isso é elaboradíssimo". Não é elaboradíssimo: eu diria que é instintivo.

HC: Pois bem. Fazendo uma pequena interrupção... Nós temos aí duas coisas: por um lado, oralidade, e, por outro, oratória.

JS: E por outro lado, auralidade. Porque o que é dito destina-se a ser ouvido. Auralidade. E essa distinção entre a oralidade e a auralidade...

HC: Isso é música!

JS: Tem que ver com música, tem que ver com a minha escrita.

HC: Como estamos falando do barroco estamos também falando da oratória. E o que você está falando, ao fim e ao cabo, é uma relação muito barroca, muito do século XVII com a oratória, com a arte retórica do falar, da persuasão. As leituras que você faz do século XVII chegam tanto através do ritmo, ou desse contato, dessa exposição à musicalidade da língua tradicional. E chegam através dos temas, ou é mais uma questão plástica?

JS: Eu não creio que tenha a ver com os temas. Não encontro, ou reencontro, no meu trabalho quaisquer temas que tenham sido usados ou tópicos que tenham sido práticas no século XVII ou no princípio do século XVIII.

No fundo, para mim o barroco é mais um instrumento aplicável a outra matéria do que ressuscitação ou ressurreição de temas ou tópicos que fossem contemporâneos do mesmo barroco. O que há é que, provavelmente, por minha maneira de ser – essa expressão "maneira de ser", cabe tudo e se calhar não contém nada –, é como se eu achasse que no fundo só o barroco me poderia dar uma resposta a esse meu achamento. É como se eu achasse que nada pode ser dito de uma só vez, nada pode ser dito em linha reta. Que no fundo, nossa expressão tem de ser de cicloide. Que depois de termos avançado um pouco no que dissemos, talvez seja útil voltar atrás para repetir o que já foi dito e doutra maneira, para tentar tornar mais claro.

HC: Fugas...

JS: No fundo, é uma linha que avança em cicloide. Por outro lado, há também uma convicção que, se calhar sou a única pessoa que a tenho, mas ainda bem que tenho uma convicção que é só minha. Talvez não seja uma convicção, é apenas uma proposta... O barroco, sobretudo o literário, eu não avançaria pela escultura, pintura, arquitetura, sobretudo o barroco literário, vejo o barroco muito mais como uma busca dramática da clareza e não como uma vontade leviana, digamos assim, uma vontade cultista de complicar. No fundo, eu acho que se diz demasiado porque se quer dizer mais claro. É este o entendimento particular que faço do barroco, talvez ninguém mais o tenha, nunca li muito sobre isto, todas estas minhas aproximações, ou muitas delas são mais, não diria instintivas, mas são mais de contato direto.

HC: Tácteis.

JS: Tácteis, de faro, de pressentimento. Muito mais resultado disso, do que de um trabalho erudito de aproximação dos textos e crítica e de confrontos entre eles, tudo isso a mim se faz muito mais por aproximações impulsivas do que por outras coisas.

HC: Portanto, o barroco chega a você mais como uma sensibilidade, como uma língua, do que como tema, do que como discurso.

JS: Claro.

HC: Isso quer dizer que você identifica no período barroco, ou nesse exercício barroco da palavra, um estágio fundamental da vida do idioma português, vamos dizer. Você acha que, no barroco, está o centro da língua?

JS: Eu diria que sim. Com todo o risco de uma afirmação assim um pouco... atrevida. Atrevida, para dizer sim ou para dizer não. Mas eu diria que sim. Porque é como se a necessidade do falar português fosse por certos traços que se costuma dizer que são traços nossos nacionais, uma certa imprecisão de pensamento, uma certa nebulosidade, uma certa recusa do que é óbvio. A vontade de ver lateralmente, um certo esfumado. É como se nós portugueses não fôssemos linhas retas, mas fôssemos esfumados. É como se nós desenhássemos não como um traço, mas jogássemos num jogo de claro e de escuro. Eu penso que, se isso é verdade – e parece-me que sim, que há muito disto no português –, no fundo, talvez, aquilo que exprima melhor em termos de linguagem isso que eu acho que o português é, seja justamente a expressão barroca.

HC: Você identifica o barroco com o exercício da subjetividade portuguesa?

JS: Sim, penso que sim. Eu diria mesmo que os naturalismos e os realismos do século XIX, que deram e que produziram literariamente grandes obras (pensando no Eça de Queirós, por exemplo), eu não sei até que ponto essa expressão é portuguesa. Também não sei muito bem o que é uma expressão portuguesa. Porque se eu for depois para o Teixeira de Pascoaes, acho que depois todo aquele discurso se perde numa névoa total, é como se, de repente, a língua entrasse numa nuvem e se perdesse a si própria. Repare, Horácio, aqui é que quero chegar: não se trata de eu querer ressuscitar para o século XX, quase o século XXI, o português do século XVII. O que me parece é que, no século XVII, a língua foi capaz de dizer tudo – ou quase tudo, não sei se disse tudo –, e de dizê-lo da maneira mais bela que hoje me é possível imaginar. Eu dou às vezes este exemplo, que é, justamente, do padre António Vieira, que para mim é de fato o grande homem da língua. Tem em uma das cartas ou em um dos sermões, creio que é em um dos sermões[1], neste momento não me lembro bem, essa frase que sei de cor há muitos anos: "São as afeições como as vidas, que não há mais certo sinal de terem de durar pouco que terem durado muito". Claro que se pode dizer que é uma banalidade, é realmente uma banalidade. É a coisa mais óbvia deste mundo (*risos*). O lugar-comum total. Dizer-se que quanto mais viveu, menos se há de viver. Ou quanto mais se amou, menos se há de amar. Porque o tempo vai resolver essa questão; é realmente uma banalidade. Agora, dizê-lo assim: "São as afeições como as vidas, que não há mais certo sinal de terem de durar pouco que terem durado muito", desse jeito, é que de repente torna essa banalidade uma sentença para se prefixar. E é isso que me parece, no século XVII português, literariamente, sobretudo em seus oradores sacros: Manuel Bernardes, o António Vieira... Um Francisco Manuel de Melo, que não tinha nada de sacro, mas que teria talvez algo de orador. Há algo plástico na língua, a língua torna-se plástica. Se torna manejável com as mãos, como uma argila que pudéssemos modelar. Essa impressão que o século XVII dá não se repete nunca mais. Por muito bem que se escreva e tenha vindo a escrever depois, e realmente se escreveu muito bem depois, não

1. "Sermão do Mandato", pregado em Lisboa no ano de 1643. António Vieira, *Sermões da Quaresma e da Semana Santa*, São Paulo, Edições Loyola, 2015, p. 263 (*Obra Completa*, tomo II, volume IV).

dá essa sensação de uma matéria plástica de um barro que se modela. E é disso que eu estou próximo.

HC: Claro. Intuitiva e sensivelmente. Não intelectual e ideologicamente.

JS: Depois posso, intelectual e ideologicamente, procurar as minhas confirmações....

HC: O primeiro impulso é o de espelhamento.

JS: Exato, exato...

HC: O século XVII, aquele edifício retórico, espelha a alma ou o desejo de expressão.

JS: Exato, exato...

HC: Isso é curioso, porque é o século da Contrarreforma, por assim dizer, é o pináculo da retórica clássica, que a partir daí desaparece ou deixa de ter socialmente importância. É o último século em que a Península Ibérica é importante no mundo. De alguma maneira, o século XVII se identifica com um Império. É um século imperial para Portugal e Espanha, mesmo que Portugal, parte desse século, seja de Espanha... Apesar disso, ainda há alguma representatividade da Península Ibérica no concerto europeu e universal.

JS: Pois, eu tomaria tudo isso... parece extremamente negativo, e como é que eu retomo esses valores ou esses conceitos ou essas visões do mundo. Eu creio que, na própria oratória do século XVII, há uma fascinação constante do interdito, do irreverente, do sacrílego. Quer dizer, justamente o excesso oratório e o excesso verbal;

ainda, na altura o orador sacro é arrastado para comparações, para metáforas, para imagens que roçam muitas vezes a heresia. É ao mesmo tempo o século da Contrarreforma, objetivamente, mas na própria Contrarreforma ou na expressão da Contrarreforma, há gérmens, há sementes, há fermentos de autocontradição.

HC: Claro. A Contrarreforma não é monolítica.

JS: A Contrarreforma *não é* monolítica e no próprio *Memorial do Convento* eu dou exemplos da oratória sacra que são tirados... À altura eu digo lá, aquele frade, faço referência a uma passagem de um sermão em que um frade diz: "Maldito seja o Pai, maldito seja o Filho, maldito seja o Espírito Santo". Ele diz isso do seu púlpito, no sermão. E chegando ao fim disso, faz uma pausa dramática, e depois acrescenta: "Dizem os diabos no Inferno". Mas atenção, ele, ao dizer, mesmo para dizer que quem vai dizer são os diabos no Inferno, ele, ao dizê-lo, está na franja da impiedade, da aleivosia. E quando, por exemplo, um frei António das Chagas, nos seus discursos inflamados, nos seus sermões proclamados, brandia o crucifixo ameaçando os fiéis com todas as penas do inferno. E para atingir o efeito dramático, a ponta do efeito, atirava com o crucifixo para cima dos feligreses, fiéis, é certo que era para atingir o efeito dramático. Mas ao lançar fora o crucifixo, ao atirar o crucifixo... Que movimento simbólico é este? Então o século XVII é realmente isso, e é, penso eu, o contrário disso também.

HC: Pois é, nesse sentido, o próprio molinismo é uma teoria de muito maior liberação humana do que qualquer das teorias reformistas do norte da Europa. Dentro da Contrarreforma, há Inácio de Loyola e há Frei Luís de León e Luís de Molina.

JS: Claro! O erro ao que me parece é que dizemos Contrarreforma e ficamos com a Contrarreforma. Não! Dentro do exemplo que acabou de dar, do molinismo, parece-me exemplar. De fato, é a bomba de dinamite colocada pela Contrarreforma dentro da Contrarreforma.

HC: Claro. Curiosamente, os intelectuais do mundo ibérico, tanto os espanhóis, quanto os portugueses, com os hispano-americanos e brasileiros, tanto quanto eu conheço, importaram a teoria da negação da Contrarreforma do norte da Europa. Isso curiosamente. A interpretação positivista, a interpretação realista da Contrarreforma é muito negativa. No fim das contas, o que você está falando e fazendo é uma revisão do próprio espírito da Contrarreforma através da percepção da língua e da exploração da negatividade da Contrarreforma, por assim dizer. É uma coisa que eu acho admirável e concordo absolutamente, acho que é algo que todos nós deveríamos fazer. Porque não adianta nós importarmos esquemas ideológicos do norte da Europa para que não nos definamos nunca.

JS: Exato... Exato...

HC: Porque, afinal de contas, temos de nos definir a partir da nossa própria tradição. E você encontrou a tradição dentro do século XVII.

JS: Eu não o diria melhor do que foi dito agora. O que me parece é que devemos proceder a uma revisão daquilo que temos negado...

HC: Por macacos...

JS: Como macacos de imitação, que negam porque veem negar. E não porque entendam ser os seus próprios motivos, uma razão para negar. Talvez venhamos a negar e podemos vir a negar, depois de termos compreendido.

HC: Depois do nosso ponto de vista ter sido assumido.

JS: Exato, exato. Isso é o que me parece que não tem sido até agora. Pelo menos em Portugal, Espanha. Creio, por aquilo que sei da Espanha, e não é muito, creio que a mesma coisa se passou. Mas no que toca a Portugal, isso se liga a uma velha, velha-nova, nova-velha, decantada questão, que nos últimos tempos se levantou em Portugal, que é a questão da identidade nacional. E geralmente, o problema da identidade nacional, a meu ver, é encarado lá de maneira um pouco simplista. E a mim parece que tem que ver muito mais com uma grande reflexão histórica, para a qual não estou de maneira nenhuma preparado. É na minha pequena área de romancista, mais por instinto, mais por percepção, mais por faro próprio. Mais por faro de animal caçador do que outra coisa. Na minha pequena área é isso que eu sinto que tenho de fazer. Tentar perceber, tentar compreender. E podem dizer: "Você é um marxista, você é um comunista. Como é que você está..." Eu digo: "Não me ponham perante essas contradições. Não me impeçam, porque eu sou marxista, não me impeçam de considerar que é importante refletir sobre isso."

HC: Não tem nada a ver uma coisa com a outra...

JS: Não tem nada a ver uma coisa com a outra. Uma leitura mecânica, primária, do que seria o marxismo, talvez me fizesse estar quieto e calado. Eu também não tenho essa leitura, talvez também por intuição, talvez por simples percepção. E, entre parêntesis, os dirigentes do meu partido não têm achado mal o meu trabalho. Não há perigo disso... (*risos*).

HC: Isso nos leva a um segundo tópico, que estávamos tratando antes: a questão do romance histórico. Eu fiz a pergunta se você identifica esse exercício com o romance histórico. Aí você me revidou com uma pergunta: "Vamos saber o que é o romance histórico, primeiro?" O romance histórico é já histórico, uma categoria histórica de uma abordagem do romance. Você considera que essa aproximação à língua, à sensibilidade da língua, é feita, na sua obra, através do romance histórico? No caso de uma resposta positiva, quais seriam os romancistas históricos que você leu? Qual o tipo de romance histórico que você pode ter encontrado?

JS: Ó Horácio, a minha resposta tem de ser negativa. E tem de ser negativa por uma razão que a mim me parece clara. A partir dos modelos do romance histórico conhecidos, designados, rotulados como tal, qualquer leitor, qualquer não-leitor, qualquer crítico, nenhum pode dizer, no meu trabalho, que se deem sinais do romance histórico A, B, C ou D; eu não penso que há. Só que, se eu escrevesse um romance sobre esse dia 2... Uma vez que para mim é claro que esse dia 2 é apenas um dia mais que se soma a todos os dias anteriores. Uma vez que eu digo que não apresente o que é passado e o que é futuro. Nada está acontecendo. Porque o que está acontecendo já aconteceu. E o que está por acontecer, ainda não aconteceu. Então nós avançamos. É como se o tempo transporta-nos, empurra-nos numa direção a que chamamos futuro. A esse tempo que nos empurra, chamamos passado. Há uma linha de cada segundo que vai passando. Nós avançamos nessa linha. Vamos ocupando o tempo do futuro e deixando para trás o tempo do passado. Mas se eu pudesse, se eu fosse escrever um romance sobre esse dia 2 em que estamos, há qualquer coisa que eu não posso ignorar ao escrever hoje: é todo o tempo que passou. Então eu sei, tal como eu encaro hoje o meu trabalho de romancista. Sei que o tempo passado estaria constantemente a entrar no meu trabalho de hoje. Tal como o *Memorial do Convento,* e é aqui que eu queria chegar. *Memorial do Convento* é escrito em 1980/1981.

A ação do *Memorial do Convento*, o que se conta no *Memorial do Convento*, decorre entre 1711 e 1739. O romance histórico, tal como o século XIX o concebeu e o praticou, seria, afinal de contas, a reconstituição ou o trabalho arqueológico da recuperação desses 28 anos da maneira tão fiel quanto possível, tão real quanto possível. Assim fez o Alexandre Herculano, pra só sair disso. É como se o escritor, o romancista, viajasse ao passado com uma máquina fotográfica, chegasse lá e fizesse uma fotografia e depois tornasse ao seu tempo para escrever um romance tão fiel quanto possível àquela fotografia que ele tinha tirado. Ele ignora, ou faz por ignorar – não consegue ignorar completamente, claro está –, o tempo que vai de 1739 a 1980. Não consegue ignorar. Só que – é aqui que eu quero chegar, sobretudo –, enquanto o romancista histórico faz o possível por ignorar o tempo que decorreu entre o tempo de que ele fala e o tempo em que ele vive, eu faço o possível para não me esquecer que entre o tempo de que falo e o tempo em que vivo houve um outro tempo de que eu sou também produto, sou filho desse tempo. É como se a cada hora eu tivesse como objetivo escrever totalmente sobre o passado.

HC: Sobre todas as horas...

JS: Sobre todas as horas acontecidas. Porque as horas acontecidas entre 1739 e 1980, foram preparadas por aquele período, 1711 e 1739. E eu sou filho desse tempo e do outro que vem a seguir.

HC: Essa é uma visão subjetiva da acumulação temporal e da atualidade da obra literária. Por outro lado, o que existe, no romance histórico tradicional, é um desejo de mimese muito grande, uma mimese imaginária de um período passado. Você, homem do final do século XX, está completamente desimpedido de todos os padrões miméticos. Muito pelo contrário, no teu exercício de romancista, o que se vê é uma busca crescente da ficcionalização. O que você apresenta nos teus livros é cada vez mais ficção.

JS: Exato. Ficção da própria história.

HC: E ficção da ficção. No fim das contas, em *O Ano da Morte de Ricardo Reis*, é ficção da ficção.

JS: No caso do *Memorial do Convento,* é ficção da própria história.

HC: O teu ponto de saída não é o ponto da mimese, não é o ponto da verossimilhança, não tem a ver com o cânone realista que dá origem ao romance histórico como gênero, e tem mais a ver com o período barroco e o imaginário maravilhoso que existia dentro do barroco, inclusive da margem de ficção. Mas não me referindo ao barroco, e sim, me referindo também: Você não poderia procurar a mimese, e sim você está procurando a ficção. Você não crê que, apesar dessa mudança tão importante de identidade, o romance histórico está aí como um formador, como uma pedra angular do seu discurso de romancista?

JS: Isso sim, claro que sim. Justamente, penso que nós não temos pensado suficiente, nós, em Portugal, em termos históricos. Temos falado da história, temo-nos referido à história, mas com os acontecimentos da história, ou o que foi feito ou descoberto, a batalha, o que quer que seja que aconteceu na história, e não como uma apreensão totalizadora, se quiser, da história como grande massa, ao mesmo tempo, grande massa de homens, grande massa ideológica, grande massa total, como um grande corpo que tenho de tentar decifrar, desenhar. E tentar desenhar de uma maneira que... Vamos lá a ver... Eu sou autor daquele livro *Viagem a Portugal*, convido as pessoas a este pequeno exercício – parece que não tem nada a ver com o que estamos a dizer, mas tem. Aquele livro descreve... conta-se naquele livro uma certa viagem e o que eu proponho às pessoas, como exercício, é o seguinte... Imaginemos agora que o autor vai fazer outra viagem com esta preocupação fundamental: Não passará por nenhum dos lugares por que passou antes. E depois disso escreve um livro. E depois faz uma terceira, quarta, quinta, uma décima viagem, uma centésima viagem, tendo, em cada uma delas a mesma preocupação em relação às anteriores: não passar por nenhum dos lugares por onde já passou antes. A pergunta que eu faço é esta: É verdade que cada um destes livros, não totalmente, mas muito diferentes uns dos outros, merece o título *Viagem a Portugal*? Claro que sim. Agora transportemos isso para a história. Quantas viagens são possíveis na história, sem passar por nenhum dos lugares seletos da história? E procurando cada vez mais o não passar por nenhum dos lugares da história e se ela não é verdade. Que cada uma dessas aproximações da história seria apenas uma aproximação e não a história. Mas sim uma hipotética acumulação de viagens destas, quer no espaço, quer no tempo, poderia aproximarmos, enfim, provavelmente não duma visão sintetizadora, porque quanto menos soubermos, mais fácil se torna a síntese. E quanto mais soubéssemos, menos, ou talvez a síntese não seja possível sequer, ou talvez não seja necessária... (*risos*).

HC: A síntese é um horizonte.

JS: ... ou talvez não seja útil. É apenas um horizonte. Então o meu romance histórico entendido como tal, e cá está, no fundo trata de fazer na história apenas uma pequena viagem, a minha própria. Viagem essa que pode não coincidir e que não coincide com outras viagens feitas, viagem que se faz por outros espaços do tempo, digamos assim, mas que reivindica, mas que chama a si o direito a ser expressão da história. E por outro lado, também, é como se eu quisesse, com a ficção, corrigir a própria história... Na estátua do Eça de Queirós, na Rua do Alecrim, quando Ricardo Reis sobe a Rua do Alecrim, há aquele dístico célebre do Eça de Queirós, que diz "Sobre a nudez forte da verdade, o manto diáfano da fantasia". Ricardo Reis inverte isso. Ele está em muito boa situação para inverter tudo quanto ele põe diante dos olhos, porque ele não existe, porque ele vai falar com um poeta que já não existe, porque tudo aquilo é um jogo de máscaras entre o que existe e o que não existe, ou que não existiu nunca. Eu ponho a questão desta maneira: por que não "sobre a nudez forte da fantasia, o manto diáfano da verdade"? Não será que a verdade é que é um manto diáfano, o que não quer dizer que a fantasia seja necessariamente uma nudez, e muito menos forte, mas talvez a verdade seja de fato um manto diáfano. A verdade existe, a mentira existe. Que jogo é este entre mentira e verdade? Quando nós vemos alguém com uma máscara posta, e agora foi o dia disso, nos últimos dias daqui, no Halloween. O que é que nos assusta? É a máscara que vemos ou não sabermos o que naquele momento está por trás daquela mesma máscara? Quando a máscara está posta, antes dela ser posta nós sabíamos o que lá estava. No momento em que ela passou a estar posta, o que está por trás da máscara? Então, no fundo, a história é isto mesmo. É um jogo de máscaras. A história para mim é um jogo de máscaras e o problema é, provavelmente, não chegar nunca ao rosto claro da verdade histórica.

HC: Obviamente isso nos leva ao Fernando Pessoa, e é o famoso soneto inglês. To look at History "by comasked eyes"... "A mask inside the mask looks out of the mask by co-masked eyes"[2]. Que é o seu personagem. Agora quero propor uma equação de primeiro grau. Vamos ver se concorda com os termos dessa equação. Para você perceber, viver, recriar à tua maneira essa viagem na história, que é a tua ficção, você conta com um grande instrumento que é a tua língua, a tua revisão da língua portuguesa. Ou seja, a história para você é uma coisa indeterminável, mas a língua não. A língua está identificada. Você, para viajar para o desconhecido, conta com uma coisa conhecida. Uma coisa que você sente, que é essa língua que você identifica no barroco do século XVII.

JS: Mas tal como não há uma história, mas histórias, também não há uma língua, mas línguas. Digamos, no fundo, a língua que eu uso hoje é apenas um certo momento histórico da minha língua...

HC: A língua portuguesa é um grande animal. Um animal mitológico.

JS: Exato. Exato. O trabalho que eu aspiro, vamos lá, e aqui que chegamos de fato, seria o de usar uma língua que fosse, ao mesmo tempo, todos os momentos da sua vida como língua. É como se eu achasse que... que não se deve usar apenas a língua que se usa, que é da prática do comum ou prática literária mesmo, no tempo em que

2. Trecho do oitavo soneto da obra 35 *Sonnets*: "The true mask feels no inside to the mask / But looks out of the mask by co-masked eyes" (Fernando Pessoa, *Obra Poética*, Rio de Janeiro, Nova Aguilar, 1983, p. 519).

vivemos, no tempo de que somos contemporâneos. Mas como se toda a língua, todo o falar tivesse de ser... se eu pudesse, se eu chegasse a tanto, eu quereria uma língua que fosse a língua portuguesa total...

HC: A emergência...

JS: A emergência dela, o afloramento do lodo, do fundo, da vaza. Eu, hoje, navego à superfície. No fundo, a língua é o princípio de Arquimedes: dá para aplicar.

HC: Um barco.

JS: Sustenta-me. Mas eu gostaria de usar uma língua que fosse toda a língua. Então haveria um trabalho sobre a língua, talvez de uma certa maneira eu tenha tentado isso, ao longo dos meus livros em que há uma espécie de reconsideração histórica da língua. Em certos momentos, a língua surge... surge como quem vem de muito longe, a língua entra como quem subitamente vem de muito longe.

HC: Como uma maré.

JS: Como uma maré. Depois regressa... Põe a cabeça de fora.

HC: Você se recusa a falar em termos de essência da língua.

JS: Essência da língua não sei o que é. Para chamar de essência, haveria um momento em que encontraríamos essa essência...

HC: Nesse momento em que ela aflora, que ela sai da maré e ela invade...

JS: Mesmo assim, Horácio, eu não aceito a palavra essência. A palavra essência é qualquer coisa que, existindo já, não seria modificada pelo que virá a existir depois.

HC: O que você não aceita dessa visão da essência é a historicidade dela. Você acha que a essência é histórica, em resumo. Ela está sujeita às leis da história. Não existe uma essência a-histórica.

JS: Não, eu penso que não. Não existe uma essência a-histórica transportável ao longo da história.

HC: Portanto, cada vez que a língua sai de dentro do seu barro ela apresenta uma cara.

JS: Exato. Se eu vivesse no século XXII e fosse romancista, a essência da língua, se eu aceitasse isso hoje, eu teria de acrescentar o resultado de mais dois séculos de prática da língua com resultados e com efeitos que eu não sou capaz de imaginar. Não sei que português se falará daqui por duzentos anos. Se houvesse uma essência, manter-se-ia como tal, e eu não sei se vai se manter como tal. Eu prefiro olhar ou entender ou ouvir ou...

HC: Participar...

JS: ... participar na língua no seu processo histórico. Sem achar que há uma essência da língua. Eu posso achar que num certo momento, e nesse caso no século XVII, a língua foi falada de uma maneira bela, perfeita. Mas isso não significa que eu vá entender que aí está a essência da língua. De modo nenhum. Continuo a rejeitar a essência da língua. De fato, não saberia definir, nem sequer entenderia.

HC: Certo. Gostaria de mudar um pouco de chave nessa discussão. Algumas coisas factuais. Queria que você me explicasse como você parte da poesia para a prosa. Você publica na década de 1960, dois livros de poesia, depois publica um livro de crônicas, e como você chega ao romance?

JS: Vamos ver. No fundo, eu tenho uma escrita muito pré-concebida, muito pensada na cabeça. No fundo, talvez não seja um escritor pré-concebido. No fundo sou, ou tenho sido, ou durante muito tempo o fui, um escritor de circunstância. E a prova é que, embora tenha um velho romance por publicar, feito aos 25 anos de idade, um romance pelo qual não tenho consideração – vamos chamá-lo de pecado da juventude. Chama-se "Terra do Pecado". Uma coisa que existe, menos mal do que aquilo que digo. Não tem importância para mim... Embora, se calhar, daqui por uns anos, vou chamar o livro para a minha tabela de obras, também não posso renegá-lo...

[Fim da fita 1, lado A]

HC: ... Em 1967...

JS: ... que escrevo meu primeiro livro de poesias, com 44 anos. Em regra, com essa idade os autores têm a sua obra feita ou, pelo menos, muito adiantada. Eu nem sequer posso dizer que comecei então. Porque esse livro e o livro seguinte são livros de poesia, que geralmente em Portugal se escrevem aos vinte anos e que eu escrevi aos quarenta e tal. Tanto um quanto outro são de certo modo fruto ou consequência de choques sentimentais... Depois aparecem crônicas, crônicas porque a certa altura fui convidado a colaborar num jornal. Enfim, colaborar, uma vez que não era jornalista. Colaborei com uma linhagem explícita, e que tem temas históricos concretos, coincide com o marcelismo, depois da morte do Salazar. O Marcelo Caetano em Portugal, nos anos 1968 e 1969, tenta, ou, pelo menos, dá uma certa abertura, uma espécie de abertura à portuguesa, da qual se arrependeu rapidamente. E isso levou os jornais que viviam e por alguns anos mais viveram, em regime de censura, a avançarem para outro tipo de expressão que era a crônica literária. E convidaram algumas pessoas. Então esses dois livros aparecem como resultado desse trabalho. Podiam não ter acontecido. Eu não sei que escritor seria hoje... A questão põe-se assim: Circunstâncias, as várias circunstâncias me têm levado a ser escritor... É quase cômico encarar a questão desse ponto de vista. Porque, depois, algum trabalho meu como ensaísta, ou como comentador político, que resultou em dois livros, também resultou numa entrada nos jornais para cumprir essa função, uma antes do 25 de abril outra depois do 25 de abril. Só no princípio dos anos 1970, é que eu começo a pensar em me encaminhar para o romance. Em 1973, tem o projeto do *Manual de Pintura e Caligrafia*, só aí é que aparece um primeiro romance, que ainda é, repito, um romance sem projeto próprio, é um romance que faz no seu fazer-se. Depois vem um livro de contos, que sai em 1978. Em 1975, eu fui diretor-adjunto do *Diário de Notícias*; como sabemos, ainda hoje é o diário cotidiano mais importante que se publica lá. Circunstâncias políticas – cá estão outra vez as circunstâncias... políticas – colocaram-me neste ano, entre abril e novembro de 1975, como diretor-adjunto do *DN*, com funções e responsabilidades no que toca à linha editorial do jornal. Em 25 de novembro, com o contragolpe, eu fico desempregado. A partir do 25 de novembro de 1975 até o dia em que falamos, eu não sou mais do que um desempregado. E é nessa altura que eu decido, portanto, com 53 anos: "agora, José Saramago, tens de saber o que queres. Ou vais à procura de empregos, que te vão dar de comer e vais fazendo algum livrito que possas fazer nos intervalos, nos fins de semana. Ou decides se vais ser escritor".

HC: *Full time.*

JS: *Full time.* Então eu decidi que ia ser escritor *full time*. É por causa dessa decisão que me transporto no princípio de 1976, para o Alentejo. Onde decido viver dois meses e depois, mais tarde, mais algumas semanas, para ver o que depois aparece no *Levantado do Chão*. Coisa que eu não podia fazer se fosse um jornalista ou um empregado em qualquer lugar. Para isto tinha de traduzir milhares de páginas para poder viver.

HC: Ou seja, quando você saiu do jornal, você trabalhou como tradutor enquanto estava escrevendo. Já tinha publicado o *Objecto Quase*? Não, o *Objecto Quase* é depois...

JS: O *Objecto Quase* é escrito já...

HC: No período da liberdade... (*risos*).

JS: ... em liberdade, é escrito já em liberdade. O próprio *Manual de Pintura e Caligrafia* é começado em 1973, depois prolongou, enfim, fui escrevendo e é concluído já depois do 25 de abril. No fundo, eu sou, por um lado, um escritor resultante do 25 de abril. Mas muito mais um escritor resultante do 25 de novembro. É porque a inversão do processo político em Portugal me conduziu a uma situação de desemprego, que eu resolvi reciclar-me... (*risos*).

HC: Ah, pois então, que bom!

JS: ... Agora que já não tens muitos anos de vida adiante, porque aos 53 já não se pode dizer que se tem trinta ou quarenta anos de vida. Agora vais ter que decidir, quer ser escritor mesmo, então, prepara-te para isto ou lança-te desse trabalho.

HC: Eu tenho duas perguntas... Eu sempre tenho duas perguntas, que engraçado... (*risos*). Jardim dos caminhos que se bifurcam... É eterno!

JS: Jorge Luís Borges...

HC: Vamos chegar nele! A primeira coisa é: você naturalmente já tinha projetos, quando decide assumir a sua liberdade de escritor. E a segunda coisa é uma pergunta vinculada a essa. Você se sente, pouco a pouco, assumindo sua própria voz? Essa é a impressão que me dá como leitor. A leitura dos teus últimos livros é a leitura de um homem que pouco a pouco vai se situando na própria língua, no próprio falar, vamos dizer, no próprio escrever-falar.

JS: Tal qual.

HC: Então queria que você me falasse da vivência objetiva, se havia projetos, como eles foram desenvolvidos e, segundo, qual é a sua vivência interior de indivíduo que vai assumindo a voz num mundo de pessoas mudas, digamos assim.

JS: Eu creio que o momento decisivo da assunção de uma voz se dá com o *Levantado do Chão*. Penso que é o livro-chave de tudo isto. Como eu te dizia, eu não tinha projetos, aliás, todos os meus livros vão sendo escritos consoante uma certa solicitação do momento. Enquanto que hoje tenho projetos a prazo, sei ou desejaria escrever agora um, daqui por um ano e meio, dois anos outro... Sei quais são os livros que eu quero fazer. Em 1976, quando eu me acho no desemprego, eu não tinha rigorosamente projetos nenhuns. Ser escritor era uma coisa um pouco vaga, que eu não sabia ainda muito bem como é que ia definir-se. É aí que de fato se cria, que se faz o *click*. Eu sou filho, neto, dos lados de pai e de mãe, de camponeses, não do Alentejo, mas do Ribatejo. Vivi lá, fui lá criado, tenho uma ligação muito profunda à terra, aos animais, às pessoas, às árvores, às plantas. Pareço um homem urbano, mas não sou tanto quanto pareço. E nessa altura, depois do 25 de novembro fico desempregado e tomo então essa decisão, houve qualquer coisa que se me impôs que era que eu gostava de escrever um livro sobre o campo. E comecei por pensar que o livro deveria ser escrito nos lugares onde nasci, iria tratar desses mesmos lugares. Mas depois achei, certo ou errado, que eram lugares que me estavam próximos demais. Então talvez por estarem tão próximos, eu não pudesse percebê-los, não pudesse compreendê-los. Então resolvi ir para o Alentejo. Agora, o *Levantado do Chão* só é escrito em 1979. E esse que é o grande problema. Porque em 1976, eu publiquei o *Manual de Pintura e Caligrafia*. Em 1978, eu publiquei o *Objecto Quase*. 1980 é o ano do *Levantado do Chão*. Mas a experiência que levou ao *Levantado do Chão* é de 1976. E qual é aqui o grande problema? É como eu ia escrever o *Levantado do Chão*. Não era o *que* eu ia escrever. Era o *como*. A minha definição como escritor tem afinal de contas, talvez, muito mais a ver com o *como* do que com o *que*. Porque o *como*, no meu caso, é perfeitamente decisivo. Eu não sei durante praticamente três anos como eu devia escrever o *Levantado do Chão*.

E houve um momento em que comecei, *malgré moi*, a escrever o livro. E na página 20 e tal, escrevendo um livro igual a todos os outros. E de repente, é na página 22 ou 23, que a criança dá a volta dentro do ventre da mãe e se prepara para nascer, em que encontrei o *como* dizer, já não era o *como* escrever, é justamente isso, o *como* dizer. A partir daí tudo foi fácil e de tal forma que quando cheguei ao fim do livro, tive de voltar às vinte primeiras páginas para pôr de acordo as vinte primeiras páginas com as páginas seguintes, porque seriam dois livros totalmente diferentes. É a partir do momento que eu encontro o *como* – eu não quero dizer que a forma em mim tivesse decidido do conteúdo, para usar destas velhas categorias –, mas é como se eu não pudesse avançar pelo conteúdo, sem primeiro ter definido sobre que forma. É partir do momento em que encontro a forma, e tem que ver, exatamente, com o problema da oralidade e da auralidade, porque no caso do *Levantado do Chão*, que decorre no Alentejo, entre os camponeses e entre os trabalhadores agrícolas, eu imaginei-me a contar aos trabalhadores do Alentejo, eu a contar-lhes a eles, as suas vidas, suas deles, e então contando... é daí que está a raiz de todo o meu trabalho seguinte. A própria *Viagem a Portugal*, que eu escrevo em 1980, é filha direta do *Levantado do Chão*.

HC: Claro. Eu vejo essa relação. É uma relação de uma vivência muito profunda do que é a memória. Me dá a impressão que, nos seus últimos três livros, você está muito interessado em discutir, em escrever sobre, em problematizar o fenômeno da memória, a Memória coletiva / Memória individual. Curiosamente isso se vê muito claro na figura do personagem do *Manual de Pintura e Caligrafia*. Que é por assim dizer um pouco um alter-ego no sentido negativo da palavra. Um intelectual urbano que realmente não encontra sua função numa sociedade desmemoriada, e a enorme mudança que existe, a nível de conteúdo, dessa falta de memória, dessa pessoa um pouco no ar, para os personagens e para a função do narrador, então, ao mesmo tempo que poliédrica, precisa do que já existe no *Levantado do Chão*. Eu consigo ver isso e, a partir dos dados que você está me dando, percebo também o que existe de autobiografia nisso. Eu consigo te imaginar, aos 50 e tantos anos, finalmente decidido a mergulhar numa memória, num processo que deve ter sido bastante doloroso a nível individual para você; e ao mesmo tempo cheio de satisfações. Quase como um nascer de novo, no sentido asteca da palavra. Um nascimento cósmico, por assim dizer. Vamos voltar à questão da assunção da palavra... Como foi pra você?

JS: Como hei de dizer, Horácio? No fundo, foi como quem aprendeu a falar de novo. É como quem, até um certo momento, falou uma linguagem dos outros, e a partir de um certo momento, anda aí pelo *Levantado do*

Chão... Mas deixe-me abrir um parêntesis: é realmente verdade que o herói do *Manual de Pintura e Caligrafia* é um homem sem memória. Mas é verdade também que ele recorre à memória. Quando ele recorda, descreve, sobre as viagens que fez à Itália, é um primeiro exercício de recuperação da memória. E quando ele usa essas "memórias italianas", digamos assim, para fazer delas contraponto com os acontecimentos do seu dia a dia, é como quem pretende ligar-se a um passado, que, no caso dele, é um passado emprestado, porque, no fundo, ele mal fala da sua própria memória, sua memória antiga. Fala dessa memória próxima. Bom... quem me conhece um pouco mais, há pessoas que dizem... foi-me dito há pouco tempo, não sabem muito bem se eu escrevo como falo ou se eu falo como escrevo. De fato, é como se, a partir do *Levantado do Chão*, e por uma via muito circular, como se eu tivesse regressado ao tempo de minha própria descoberta da língua, de como comunicação entre mim e os outros, e os outros aqui são os pais, os tios, os avós, os da infância e os da primeira adolescência. E eu tivesse como dado um salto sobre uma espécie de vazio da palavra. Quer dizer que não era total vazio, uma vez que eu fui comunicando com os outros, melhor ou pior... Mas que tivesse, a partir de 1980, reencontrado ou recuperado ou replantado, ou sei lá como, o meu falar natural próprio, aquele que ficou parado num certo momento e que eu fui puxar aos meus dias de hoje, para continuar a falar. É como se, a um tempo de aprendizagem da fala, é que se segue um tempo de silêncio – que não é total, claro está –, e que depois volta atrás para puxar como quem puxa, à noite, um cobertor para se cobrir. Puxa dos pés da cama, do fundo, puxa o cobertor para cima de si. Quer dizer, fala, escrita, memória, para mim são coisas que estão, todas elas, entrelaçadas umas às outras, fazem, por assim dizer, um corpo só, é qualquer coisa, que eu estou a recuperar. E para ilustrar isso, como um simples parêntesis, um dos meus projetos – mas isso fica como uma confidência pessoal – para daqui a dois, três anos, será de escrever um livro que se chama *O Livro das Tentações*. E que assenta nesse dado: A santidade perturba a ordem natural. Então não é verdade que o santo seja atormentado pela natureza. A santidade dele é que perturba a natureza. Isso tem que entrar como ponto central, as tentações do Bosch, *As Tentações de Santo Antão*, mas ligamos a tudo isso a memória da infância e a memória da adolescência. Entrelaçar tudo isso, a entrada no mundo, a descoberta do mundo, com todas as tentações, com tudo... Esse quadro, visto por um homem que tem sessenta anos. A memória tem uma função essencial aqui, qualquer coisa que tenha, que mereça esse nome. E não é a memória do vivido, é também a memória do vivível, daquilo que podia ter sido vivido e não chegou a ser. É, outra vez, corrigir o passado. Introduzir no passado aquilo que não aconteceu. Ou dar sentido àquilo que aconteceu.

HC: Uma atitude paralela à atitude que você tem com relação à história no *Memorial do Convento*. Eu vejo uma unidade de atitudes. Agora queria voltar um pouco atrás e pedir para que fale um pouco mais sobre o que você acaba de mencionar: Essa assunção da palavra vem a partir de uma experiência do vazio. Fala mais sobre isso...

JS: O caso é que talvez isso não seja consciente agora, e eu não sei até que ponto qualquer coisa que eu tornei consciente agora corresponde de fato a uma situação a que eu me refiro...

HC: É a sua interpretação, você não está vivendo isso agora...

JS: Vivendo o agora e interpretando o agora, e procurando construir uma consciência agora, o que eu vejo é que, entre a minha entrada na idade adulta – aliás, eu tive uma espécie de adolescência prolongada, como se a minha adolescência se tivesse prolongado por aquela idade a que já acostumamos chamar adulta. E não era fisicamente, nem intelectualmente, era como se eu achasse que tinha muito tempo para viver e que não tinha pressa nenhuma de me tornar adulto. Ou estou tentando tornar mais inteligível agora, se calhar não era isso... eu vejo essa distância como se minha adolescência se tivesse prolongado por muitos anos. E o que eu acho é que acontece, entrando eu na vida profissional, vida do trabalho, responsabilidades de família, casei aos 22 anos, tive uma filha, divorciei-me vinte anos depois... Tudo isso fosse apenas, só, e afinal, uma espécie de intervalo, é como se houvesse dois momentos importantes na minha vida, no meio dos quais há um intervalo. O momento importante é a infância e a adolescência, segue-se um longo intervalo de vinte, trinta anos, durante o qual eu fui vivendo sem nenhum projeto próprio, sem nenhuma intenção, sem nenhum objetivo. O ir vivendo, apenas. E é como se depois, a partir de uma certa altura – e, repito, nos anos que estou a viver agora, e mais decisivamente a partir de 1975, de 1976 – que a vida ganha, de repente, um sentido, no que toca à expressão dessa mesma vida. E que tudo de repente se tornou claro pra mim. É como se, de fato, para usar aquela imagem bíblica, nos anos 1975 ou 1976, as escamas me tivessem caído dos olhos e eu tivesse visto o mundo. Então tudo se tornou talvez perigosamente simples, perigosamente simplificado – neste momento a vida para mim é uma coisa extremamente clara.

HC: Você associa isso com dor ou com prazer?

JS: Se a palavra não estivesse tão cansada, eu associaria isso a outra palavra que seria Sabedoria, mas a palavra é pretensiosa, um bocado pedante. E eu também não poderia falar em prazer ou dor, porque acontece isso: Eu não sou uma pessoa para sentir grandes dores, e também não sou uma pessoa para sentir grandes prazeres. Qualquer grande prazer, qualquer grande alegria que, para uma pessoa, seria, digamos, a expressão desse sentimento seria decisiva, para mim não é. Se amanhã me disserem que saiu em Portugal o Totoloto que eu tenho (4524), Horácio, não creia que isso é atitude... Eu fico exatamente com a cara que eu estou agora. Fico contente, digo que gostei muito, ainda bem, tenho dinheiro, mas fico exatamente como estou agora. E também se eu tiver um grande desgosto, eu posso sentir, mas o desgosto não se exprime. Em relação a isto, não se trata de grande prazer ou de grande sofrimento, ou então eu internalizo tudo de tal forma que tudo se passa dentro, nas profundas...

HC: Essa postura, vamos dizer, é muito horaciana, mas através do Horácio nós chegamos no Ricardo Reis. Então, e daí?

JS: Então e daí, talvez o Ricardo Reis venha ajudar a tornar claras algumas coisas...

HC: A nível de autoconhecimento?

JS: Não, ao nível de relação com as coisas, porque, tal como Ricardo Reis... não tal, mas com alguma aproximação, Ricardo Reis diz que "Sábio é o que se contenta com o espetáculo do mundo", eu não chego aí. Só que eu não sou capaz, não diria de sentir, mas não sou capaz de exprimir os grandes pólos opostos das sensações, ou das expressões do sentimento da alegria ou do sentimento da dor, por exemplo. Mas em relação ao Ricardo Reis o que há é uma coisa que já tenho chamado de relação de atração-repulsão. O primeiro Fernando Pessoa que conheci, à altura dos meus dezoito anos, foi justamente o Ricardo Reis. O primeiro Fernando Pessoa que eu li foi o Ricardo Reis. Na revista *Atena*, em certa altura – que eu li muito mais tarde do que à data em que ela foi publicada –, o Ricardo Reis sempre me fascinou, e depois mais tarde, quando conheci a obra completa, mas logo naquela altura me fascinou aquele rigor, aquela coisa, durante muitos anos eu tive a pretensão de fazer como uma espécie de divisa minha, uma ode, uma pequena ode dele... toda a gente conhece: "Para ser grande, sê inteiro, põe quanto és no mínimo que fazes", tudo isso. Como nós achamos que devemos ter sempre nos dezoito ou dezenove anos, qualquer coisa que nos faça maiores ou melhores do que somos. Eu escolhi aquela divisa, não creio que me tenha tornado maior ou melhor, por dizer tantas vezes aquilo, mas o caso é que foi por ali que eu cheguei ao Ricardo Reis. E depois de todos esses anos, mesmo depois com o meu engajamento político e minha atividade política, que é anterior ao 25 de abril... eu sou membro do PCP antes do 25 de abril, no tempo da clandestinidade. Sempre voltei ao Ricardo Reis, de uma certa maneira, mas sempre me irritou, por outro lado, aquele não crer, aquele não sentir, aquele *carpe diem*, que no fundo nem sequer é *carpe diem*, porque ele nem sequer aproveitava o dia, ele apenas dizia "aproveitemos o dia", mas ele em rigor não aproveitava o dia. Ele escrevia a forma, usava a forma. E é em 1978, na RDA, que um fim de tarde chego ao hotel, deitei-me na casa, cansado, daquelas visitas que se fazem e de repente, não sei como – ainda hoje não sei como, sete anos depois –, vem-me a ideia do romance, em 1978, com o título e tudo, *O Ano da Morte de Ricardo Reis*. Ora, em 1979, escrevia eu o *Levantado do Chão*, depois escrevi o *Memorial do Convento* e só depois escrevi o *Ricardo Reis*. O Ricardo Reis como objeto de romance está em mim desde 1978. Eu creio que me desliguei do Ricardo Reis, hoje, embora não seja um desligamento inteiro, porque, entretanto, me surge, pela vida, o Ricardo Reis, surge-me o próprio Pessoa, e surge-me qualquer coisa de que eu teria uma consciência menos clara, que é o exercício da máscara. O de sermos, provavelmente, a personagem que representamos. O de eu ter grandes dúvidas sobre o que cada um de nós é, se cada um de nós é aquilo que representa ser, ou se representa ser aquilo que é. Esse livro introduziu em mim essa dúvida... angustiosa, chamemos-lhe assim (*risos*). O Ricardo Reis atrai-me como um ajuste de contas também. É como se eu, militante político, tivesse também de ajustar contas com alguém que se recusa à ação, nem sequer política, mas à pura ação cívica. Porque o Ricardo Reis recusa-se a isto. Mas o que me parece que há, que continua a ser, afinal de contas, a força do próprio Ricardo Reis, é eu não ter conseguido – nem nunca ter pensado em fazê-lo –, converter o Ricardo Reis à ação cívica ou à intervenção cívica. Ricardo Reis vive aquele seu último ano como quem é, e morre como quem sempre foi. Não se converte a coisa nenhuma...

HC: Não existe nenhuma intenção catequética.

JS: Não há intenção catequética (*risos*). Seria a solução mais fácil...

HC: Seria a solução mais fácil, mas seria a solução pior, sob o ponto de vista da literatura.

JS: Claro e de todos os pontos de vista seria a solução pior...

HC: Mas existe, por debaixo da maneira como se desenvolve o livro, uma coisa, e volto atrás em nossa entrevista, que é a discussão do neoclassicismo contra o espírito do barroco. Porque, ao discutir o Ricardo Reis, você discute a posição neoclássica.

JS: Pois eu tenho grandes dúvidas sobre o neoclassicismo do Ricardo Reis. Parece-me puramente formal o neoclassicismo do Ricardo Reis. As odes podem ser horacianas ou sáficas, se quiser, na sua estrutura formal – não sei dessas coisas ao ponto de dizer se obedecem formalmente –, o que parece a mim é que, no fundo, não há aquilo que Ricardo Reis diz e aquilo que o Fernando Pessoa diz. Não há nenhuma diferença. Ambos dizem o mesmo, afinal de contas. E se procurarmos por aí afora, no Álvaro de Campos, Alberto Caeiro, todos eles vão dizendo, afinal, o mesmo. E a mim o que eles me parecem que dizem... E aqui, há tempos, num inquérito feito sobre o Aquilino Ribeiro, eu tive o atrevimento de responder que a mim o Fernando Pessoa me diz muito mais sobre o que é o homem português do que o Aquilino Ribeiro. Embora o Aquilino Ribeiro pareça falar, e fala, do homem português concreto, pelo menos do homem beirão, o da Beira. Mas duma certa maneira o Fernando Pessoa diz-me muito mais de quem é o homem português. E talvez, no fundo, não seja isso, e talvez *O Ano da Morte de Ricardo Reis* esteja muito mais próximo do *Memorial do Convento* e do *Levantado do Chão* do que eu julgo, e seja apenas um momento de uma mesma busca que é a da memória individual e da memória coletiva. Ou de procurar dar um sentido àquilo que talvez eu não tenha ou talvez seja impossível dar. Eu creio que são elementos de uma mesma caminhada...

HC: O que eu vejo no *Ano da Morte* é como uma camada a mais sobre o que você estava fazendo. Eu encontro no *Ano da Morte de Ricardo Reis* já um campo assim, francamente, intertextual, em que você está o tempo todo se referindo a outros textos, a outras figuras. O teu texto é um lugar de interseção entre outros textos, coisa que, por exemplo, no *Memorial do Convento* não é o caso, porque não existe essa referência a outros universos textuais, nem no *Levantado do Chão*. Sob este ponto de vista, eu acho esse livro muito interessante, provavelmente o livro mais interessante que tenha sido escrito em Portugal já há muito tempo pra cá, sem querer colocar data. Já é um livro que está num lugar geral. Então eu encontro, nas tuas referências ao Borges por um lado, e ao Fernando Pessoa, por outro, a discussão da identidade que você estava falando agora, a identidade do autor, a identidade da obra, a identidade do personagem de ficção. Você vai seguir por este caminho, você está seguindo por este caminho na tua produção?

JS: O livro que estou a trabalhar agora, talvez seja um livro mais próximo do *Levantado*, não no tema, é um livro onde a intertextualidade tem um certo peso menor, muito menor do que no *Ano da Morte Ricardo Reis*, e sobretudo porque é um livro que, ao contrário destes, não se coloca em nenhum momento preciso da história. Quer dizer, *O Ano da Morte* é 1936, *Levantado do Chão* é 1905 a 1975, o *Memorial* é de 1711 a 1739, e este pode ter sido num tempo já passado, pode ter sido hoje ou pode ser amanhã. Não há uma afixação concreta no tempo. É um livro que avança, digamos, para a área da utopia. Um livro que assenta em uma convicção minha de que a Península Ibérica não terá nada que ver com a Europa. E é um livro que eu posso dizer o tema, porque estamos a conversar. Mas eu não gostaria que houvesse referências ao tema, até porque o tema parte de uma chave, chamada *trouvaille*. Se a *trouvaille* se desvenda, então se desvenda tudo. É um livro que parte disto: Em certo momento, há uma fratura geológica nos Pirineus...

E a Península Ibérica navega, afasta-se da Europa, e vai navegando oceano afora.

HC: E onde ela vai dar?

JS: Vai parar num sítio, no Oceano Atlântico, entre a América Latina e a África. Como o seu lugar. O livro chama-se *A Jangada de Pedra*. E é realmente aquela grande jangada que se desloca, é o que há de mais irracional, como se vê (*risos*)... Agora eu conto tudo que pode acontecer aqui, e com leituras que podem ter de ver até com experiências racionais. A partir do momento que isto acontece... vamos só dar este exemplo: a partir do momento que a Península se desloca no mar, como jangada, a um destino que ninguém sabe qual vai ser. Há gente que foge... os turistas não querem correr risco, tal como vai navegando, pode ir ao fundo...

HC: (*risos*) Pode parar na Antártida!

JS: ... parar em qualquer parte! As pessoas, em pânico, abandonam. Os ricos, os milionários abandonam, têm dinheiro na Suíça, ou na América... Então é uma espécie de regresso a um certo tipo de inocência. Os grandes hotéis passam a ser habitados por pessoas que nunca estiveram lá. Ficaram desertos... Já viu o que é a Costa Brava, toda a costa da Andaluzia, do Algarve. De grandes edifícios hoteleiros... Há uma espécie de rejuvenescimento da própria natureza. Animais que se tinham extinguido, como a cabra ibérica, a cabra hispânica, aparecem de novo. É uma coisa um pouco...

HC: A ideia do afloramento volta aí?

JS: E é todo o passado da própria Península ali. Já não só de Portugal, mas também da própria Espanha que regressa. Tudo regressa, e tudo refaz e tudo transforma. O velho transforma o novo, o novo modifica o velho. Mas guarde isso para si, fica gravado, mas guarde para você...

HC: Sim, eu guardo! A própria anedota coloca uma teoria da civilização, quase. É uma anedota que implica num ponto de vista sobre o que é o mundo hispânico, e sobre a unidade desse mundo hispânico. Você não tem nenhuma dúvida quanto a essa unidade, parece?

JS: Não tenho.

HC: Você crê que há uma complementaridade natural entre os países latino-americanos, brasileiros, a Península Ibérica e os países africanos onde o hálito ibérico chegou, portanto...

JS: Exato. Considero que, se pudéssemos falar de vocação histórica, para a Península Ibérica – e também não posso definir o que seria uma vocação histórica, porque isso não existe, claro está –, mas se pudéssemos falar em vocação histórica, então eu diria que essa viagem da Península Ibérica pelos mares fora, é a realização dessa vocação. O ir colocar-se no seu lugar próprio. No seu lugar, pronto. Cada um no seu lugar. Eu não acho que o lugar da Península Ibérica seja na Europa. Não temos nada que ver com a Europa. Penso eu que não temos. Agora vamos para o Mercado Comum, mas ele, afinal, não é eterno. Afinal, como não tenho outra maneira de ligar a Península à África ou à América Latina, uso ou abuso da ficção para fazer navegar a Península Ibérica pelos mares fora...

HC: Certo. Eu gostaria de te agradecer esta entrevista...

JS: Isso é uma conversa de amigos, sobre coisas que nos interessam a ambos, claro.

HC: Ali está o Manuel.

JS: Já vi, já vi, o coitado está ali plantado, abandonado (*risos*). Mas vamos chamá-lo.

(*Chega Manuel Ulacia, cumprimenta Saramago e se retira.*)

* * *

HC: José Saramago, quando é que você vai voltar aos Estados Unidos?

JS: Não sei. Tenho um convite para janeiro, na reunião do Pen Club. Provavelmente não venho. Há duas razões, talvez. Uma é o meu trabalho, que não posso estar sempre a interromper. Segunda, achar que essa reunião do Pen Club é muito mundanal, é mais mundanal do que outra coisa. E a outra razão: Também não acho que seria útil estar aqui mais cinco, dez dias em Nova York, um autor, enfim, que ainda não é conhecido aqui, e que está a ser traduzido, mas não saiu ainda. No fundo, serei um senhor, mais um entre outros. Também não me interessa vir fazer figura de corpo presente. De maneira que o mais certo é não vir em janeiro. Mas quando voltarei, não sei. Há a hipótese, por exemplo, se o livro sair aqui em outubro do ano que vem, como se pensa, pode ser que o editor queira que eu venha cá.

HC: Isso nos leva a uma última pergunta ou um último tópico para discutir. A tua obra está assumindo cada vez mais uma importância e uma projeção internacional. Uma obra de uma proeminência internacional crescente. Como você vê isso?

JS: Horácio, eu vejo isso como aquilo mesmo que estávamos a falar a bocadinho. Que não sou pessoa para sentir nem grandes alegrias, nem grandes dores. Este completamente inesperado êxito, não só local, como internacional, deixa-me um pouco perplexo, deixa-me um pouco irônico. E deixa-me num estado de espírito que é o de chegar a pensar se isso realmente tem a ver comigo ou, afinal, se isso se passa com outra pessoa e não é comigo (*risos*). Há uma distância entre mim e as coisas. Até aquelas que representam maior bem estar econômico e tudo isso. Às vezes digo à Isabel: "Que chatice ter tanto dinheiro. Vivi toda a vida sem dinheiro, de repente aparece-me dinheiro de todos os lados". Quer dizer, não me preparei para o êxito, e o êxito não me subiu à cabeça. E sei que não me sobe. Se amanhã, além dos quinze países que já vão publicar o *Memorial*, e dos cinco ou seis que já publicaram ou vão publicar o *Ricardo Reis*, e que depois, na onda de tudo isso, acabarão por ir outros livros. E se eu me transformar, por hipótese, num autor de renome internacional, universal, quero que vocês acreditem que dentro de mim fico exatamente na mesma como estou neste momento em que o êxito já é, enfim, palpável, mas não é. Sou a mesma pessoa que era. Basta que se diga isto: Eu tenho três livros para escrever. E são esses livros que vou escrever e não outros nos quais o êxito que eu tivesse... Vamos supor, o *Memorial do Convento* é o livro que me projetou internacionalmente, então vamos escrever mais três ou quatro naquela forma e naquela linha. Não! Repare. O *Levantado do Chão* não parece com o *Memorial do Convento*, ou parece de uma maneira profunda que nós sabemos. Mas não é a exploração de um mesmo tema. E o *Memorial do Convento* não é *O Ano da Morte de Ricardo Reis*. E o *Ricardo Reis* não é *A Jangada de Pedra*, em que estou a trabalhar agora. E *A Jangada de Pedra* não será aquilo que será – se eu chegar a escrever – *História do Cerco de Lisboa*. E a *História do Cerco de Lisboa* não será *O Livro das Tentações*, de que falamos há pouco. Portanto o êxito não vai me condicionar. Eu sei o que vou fazer, se puder...

HC: Estamos conversando quase na projeção do ponto de vista mundano... Mas eu quero saber de uma outra coisa, da complementaridade do mundo ibérico. Você agora está sendo visto, está sendo reconhecido, e provavelmente vai ser ainda mais reconhecido como um grande romancista português contemporâneo, que tem essas preocupações de integração do mundo ibérico. Você tem um papel que o êxito pode facilitar no sentido de procurar essa integração. Quer dizer, se o êxito pode ser visto como uma ameaça, sob o ponto de vista pessoal para o criador, ele pode ser visto como um elemento extremamente favorável para trabalhar no sentido dessa unidade pan-ibérica.

JS: Meu êxito, se pudesse ser usado por mim como um instrumento para essa aproximação, para essa integração – palavra, talvez, excessiva –, então, digamos, o meu papel cívico, seria esse. Eu gostaria de ser visto como alguém, por um lado, como escritor, como romancista, mas também como homem, filho de uma cultura, filho de um país, de um conjunto de países, de um certo modo de ser pessoa. Ser eu também um instrumento de aproximação da Península Ibérica. E note que não sou iberista. Eu não defendo a integração de Portugal na Espanha. De modo nenhum. Sinto-me profundamente ibérico, ibérico, sim, não sou europeu, mas ibérico no sentido de qualquer coisa que tem que ver com a América Latina e tem que ver com África. Então, esse seria o papel que eu chamaria a mim, ou que eu gostaria de ter, no conjunto das ações que aproximassem a Península Ibérica da América Latina e da África. Eu gostaria de ser um desses elementos.

HC: É assim que o êxito pode ser extremamente positivo, para toda uma literatura.

JS: Para isso desejo êxito!

HC: Para isso também desejo que você tenha êxito. Quem sabe para isso a vinda ao Pen Club seria uma oportunidade... (*risos*).

JS: Isso é verdade, mas é cedo ainda. Deixe sair o *Memorial do Convento*, deixe que as coisas façam o seu caminho. E então depois, haverá outros Pen Clubs. Talvez a próxima reunião do Pen Club não seja aqui, seja no Brasil, por exemplo. Mas para agora, não vejo sentido, pelas razões já ditas...

[Fim da fita 1]

[Fita 2]

HC: Gostaria de tratar assuntos pelos quais passamos muito por cima. Seriam tópicos mais acadêmicos, digamos assim. Tem uma questão que são as tuas leituras, nesse período, de preparação para a assunção da voz própria. Esse período em que você é jornalista, ao longo da década de 1970, tua convivência com a vida intelectual sob o salazarismo, até 1975, que é, mais ou menos, o ano limite que você deu. O que você leu?

JS: Haverá aqui várias coisas a pensar... Uma delas é que há um grande período das minhas leituras que é o período da adolescência, feito especialmente nas bibliotecas públicas. Aí li centenas e centenas de livros. Ao longo de toda a minha vida eu li sem planos, sem objetivos, sem nada de concreto. Lia ao acaso da descoberta. Lia ao acaso do gosto um autor que depois explora isso em outros livros. Tudo aquilo que eu li me chegou, por regra geral, pela via ou das traduções para o português – com grandes lacunas, claro está –, ou pela via do francês, uma vez que eu não leio inglês. E portanto, se eu for dizer aquilo que eu li... Li muito. Mas dizer-se que, vamos lá a ver, que eu tracei um plano de leituras como hoje tenho um plano de trabalho, isso não fiz. O que sempre me interessou muito, e nisso creio que me distingo talvez de muita gente em Portugal e, provavelmente até de alguns autores, quem sabe. Sempre me interessou muito a minha própria literatura. Sempre li muito aquilo que os escritores portugueses escreveram. E provavelmente o meu grande alimento, a minha estrutura, a minha base, o húmus de que eu me alimento, no fundo, diria que tem quase que exclusivamente que ver com o que em Portugal se fez. O que a literatura portuguesa fez. Porque se procurar influências no meu trabalho de autores estrangeiros, acho que não se encontram. Não penso que se encontram. Às vezes falam, "Ah, o Gabriel García Márquez"... Não tem nada que ver com o Gabriel García Márquez. Mas então García Márquez, por quê? E porque não o Carlos Fuentes, ou por que não o Roa Bastos, ou por que não Juan Carlos Onetti, ou por que não o Haroldo Conti, tantos outros autores latino-americanos que eu li e li com grande proveito, mas que não sinto que tenham passado para o meu trabalho. As raízes do meu trabalho, penso eu, também não são francesas, também não são inglesas... Há referências constantes, sobretudo nos meus últimos livros, a Espanha, mas são referências de tipo histórico, não podem dizer-se que há influências literárias. Dito desta maneira muito dispersiva, as minhas leituras não foram orientadas. Eu li alguns autores alemães, em francês ou em português, li alguns autores italianos, da parte última da literatura espanhola, nem conheço muito. Tirando, claro, o Vicente Aleixandre, o Jorge Guillén, o Antonio Machado, Miguel Hernández, o Lorca. Enfim, aqueles que toda gente conhece, que toda gente lê. Mas nunca fiz leituras aprofundadas. As únicas leituras aprofundadas que fiz, tão profundamente quanto fui capaz, foram justamente na minha própria literatura. A literatura portuguesa...

HC: Quando que você começa a ler o barroco português?

JS: Bem, o barroco português por gosto, por atração eu começo a lê-lo aos vinte e poucos anos.

HC: Portanto, é uma leitura de vida inteira.

JS: É uma leitura de vida inteira. No fundo, é como se o *Memorial do Convento* fosse a ocasião de me aproximar, de me juntar, de coincidir com qualquer coisa que entrou na minha formação. E que, na poesia, não tem reflexo. Houve quem dissesse que, de uma certa maneira, o meu modo de fazer versos, por uma certa secura, que se aproxima – guardadas todas as distâncias e as desproporções, uma vez que eu como poeta, não me considero de modo nenhum um bom poeta, regular... abaixo de regular, se quiser – de João Cabral de Melo Neto. Ora, é ao contrário. Há contribuições terríveis para mim. O grande romancista brasileiro, para mim, é o Graciliano Ramos. E o Graciliano Ramos não tem nada que ver com o meu próprio trabalho. É outra forma, é outra maneira... a secura da frase, escorreita, límpida do Graciliano. Ambos não têm nada que ver com as minhas curvas cicloides, tem nada que ver com isso. E contudo, tenho uma atração do Graciliano Ramos, mas no *Memorial do Convento* e antes já, no *Levantado do Chão*, pois aí já é o barroco... O barroco na fala, no tal desejo de dizer, que não é a vontade de escrever, mas é apenas o desejo de dizer, que está refletido, está posto no *Levantado do Chão*. É o narrador que complica a sua história. O narrador popular do Alentejo nunca conta uma mesma história de duas maneiras iguais, duas vezes da mesma maneira. Ele complica sempre aquilo, floreia, constrói, faz curvas...

HC: A oralidade é bifurcativa...

JS: Exato. Ora bem, aí, com essa última fase da minha atividade de escritor que realmente é com ela que eu começo, de fato, uma atividade de escritor, reencontro o maior sentido das minhas leituras, digamos. Quando eu não sonhava ainda que viria a escrever livros.

HC: E o neorrealismo?

JS: O neorrealismo com relação a mim levanta de fato uma questão que me é importante. Eu há pouco disse que, de 1976 a 1979, fiquei sem saber como é que havia de escrever o *Levantado do Chão*. E o problema é justamente o do neorrealismo, do ponto de vista formal. Pelo tema a que ele estava a pedir-me, esperar de mim, que eu fosse escrever um romance neorrealista. Construir de acordo com o neorrealismo. Durante três anos eu rejeitei, eu não queria ser um escritor epigonal do neorrealismo. Eu não queria pôr o meu pé no mesmo sítio onde os meus ilustres antecessores, o Soeiro Pereira Gomes, o Redol, Manuel da Fonseca, tinham posto os seus. Queria fazer outra coisa. Ideologicamente, eu estou lá. Mas do ponto de vista literário, formal, eu não queria repetir aquilo. E esses três anos também tiveram que ver com esse problema.

HC: Adequação do assunto à forma.

JS: Exato. Aquela forma, eu não a queria. E só pude explicar o que eu queria, quando encontrei a minha própria forma, que não é totalmente minha, porque, enfim, tudo isto é intertextual, todos nós somos leituras de leituras...

HC: Mas de todas as maneiras se percebe muito o neorrealismo...

JS: Essa é a questão. Eu ia concluir assim. Se se disser, "você não é neorrealista?" Eu digo: "Não sou neorrealista". Então o que é? Eu ponho uma interrogação. Por exclusão de partes, digamos, não sou surrealista, não sou existencialista, e vou dizendo "não sou isto, não sou isto", e quando chego ao neorrealismo, não posso dizer, por exclusão, pelo mesmo mecanismo anterior, que não sou neorrealista. Então percebo que a única ligação possível é, realmente, ao neorrealismo. O neorrealismo transformado. Um amigo meu em Lisboa dizia: "Digamos que o teu trabalho tem que ver com qualquer coisa que ainda não existe, a que eu chamaria Realismo dialético." Também não sei o que isto é... (*risos*).

HC: (*risos*) Não...

JS: Eu só estou a dizer aquilo que é dito, não estou a dizer aquilo que eu acho seja. "Realismo dialético"... Se vocês precisam de rótulos podem dar este ou outro qualquer. Agora, se sou um escritor realista, eu acho que sou um escritor realista. O que eu não sou é um escritor realista à moda do Eça, ou do Zola, ou do Guy de Maupassant...

HC: Ou inclusive dos neorrealistas...

JS: Ou mesmo dos neorrealistas...

HC: Como escola, você não se identifica. O que é curioso é que você se aproxima no primeiro romance, obviamente, tematicamente tem a ver por pertencer à literatura portuguesa, onde o neorrealismo teve esse papel todo, e tem a ver em inúmeros outros aspectos. Mas à medida em que você vai desenvolvendo as potencialidades do texto, no *Memorial* e em *O Ano da Morte de Ricardo Reis*, você se afasta da escola neorrealista.

JS: Eu me afasto, mas repito... Agora, esta pergunta sou eu quem a faz. O autor que não sabe quem é faz esta pergunta a quem já leu, ou já estudou: Onde é que eu estou em termos de escola, tendência, maneira... Onde é que eu me situo? Onde é que os meus livros se situam? Afastam do neorrealismo, não sou abencerragem do surrealismo, ou também não sou do existencialismo... Dá vontade de perguntar como se estivesse em Portugal: "Que raio de escrita, que raio de trabalho é o meu?" (*risos*).

HC: Intertextual...

JS: Pois, mas intertextual também é qualquer coisa que se descobriu agora, é um rótulo que se inventou agora, pela dificuldade de encontrar outros...

HC: Claro. Na verdade, a contemporaneidade do teu texto impede uma classificação imediata. Não é possível classificar o que está acontecendo, a não ser que aconteça em termos de movimento de uma escola. Não é o teu caso, como não é o caso de outros que estão escrevendo agora. Então, por falta de melhor... intertextual.

JS: Mas toda a história é intertextual...

HC: Claro, toda a literatura é intertextual. Da mesma maneira que falamos antes de que todo romance é histórico. Da mesma maneira que todo romance é regional.

JS: E todo homem é histórico, afinal de contas. Quer dizer, nós somos uma intertextualidade em movimento. Agora se isso dá para classificar uma obra, carrega no rótulo...

HC: A preocupação que eu tinha não era tanto esta, mas era a de, mais ou menos, mapear as tuas leituras, vamos dizer, que se refletem no texto. Mas que eu quero confirmação tua. Você mencionou vários dos nomes epigonais entre os latino-americanos, entre os hispano-americanos. Gostaria que você falasse um pouco mais das suas leituras dos hispano-americanos e depois falasse um pouco da leitura dos brasileiros.

JS: Mas antes disso eu gostaria de acrescentar uma coisa: na intimidade das nossas salas de trabalho, a gente pode fazer o pino, dar cambalhotas, falar sozinho... mas pode também fazer uma coisa que eu fiz algumas vezes. Era estar a ler um livro, de que gostava muito, e depois ver uma página desse livro, de um autor português ou não. Gostar daquela página. E depois fazer este exercício: escrever eu aquela página, com a minha própria letra e invariavelmente chegar, ao fim daquilo que foi escrito, olhar para aquelas trinta ou quarenta linhas e dizer "não gosto disso". Por que é que eu gostei quando li e por que é que não gostei quando me assumi como autor, de uma certa maneira, ao escrever aquela mesma página? É como se eu – e isto parece que não se liga à sua pergunta, mas liga-se – ao mesmo tempo em que ia lendo os autores A, B, C, D, até ao infinito dos autores e tendo grandes satisfações intelectuais com a leitura, todos os pontos de vista, era como se eu fosse sempre dizendo a mim mesmo "não é isto", "isto é bom, mas não é este bom que eu quero". Por isso tenho a impressão, é por aqui que eu creio que não é fácil encontrar no meu trabalho influência de outros autores, pode encontrar-se citações, alusões, jogos...

HC: Textos...

JS: ... textos, mas influências não. Queria tornar a essa questão. Agora, as minhas leituras em relação aos latino-americanos, ainda por cima, vêm fora do tempo. O grande *boom* do romance latino-americano, que é dos anos 1960 e tal, marcando uma data, salvo erro, o *Cem Anos de Solidão* é de 1966...

HC: Acho que é 1963...[3]

JS: Isso não chegou a Portugal. O romance latino-americano chega a Portugal nos últimos cinco ou seis anos. Podemos pôr mesmo dez anos. E com aspectos interessantes. Um livro como *Cem Anos de Solidão*, que é um êxito em toda parte do mundo, não teve um grande êxito lá. Um livro que foi editado, foi vendido, foi apreciado, mas não é o grande êxito público. E os autores latino-americanos não são muito lidos lá. Não há público

3. A primeira edição de *Cien Años de Soledad* foi publicada em 1967. O José e eu, portanto, erramos a data, mas ele estava mais perto, por assim dizer, de ter razão.

para os autores latino-americanos. Assim como não há também para os brasileiros. O que se passa com os brasileiros, o que se passou comigo, e o que se passa hoje, foi isto: Li muito os autores brasileiros, vamos lá a ver... Manuel Bandeira, Drummond de Andrade – e já estão vendo pela idade, a geração –, Murilo, o Lins do Rego, o Jorge Amado, o Graciliano. Quer dizer, toda aquela área daquela geração... Manuel Bandeira, eu conhecia poemas inteiros de cor, e outros... Depois, por razões de ordem política, tanto de um lado, quanto de outro, entra-se no grande vazio cultural da relação entre Portugal e Brasil, do qual só estamos a começar a sair agora. E a situação é de tal forma grave, que mesmo excelentes autores brasileiros, já com reputação internacional, em Portugal não são lidos. Fazem-se algumas edições, de vez em quando, que passam meio despercebidas, que não passam nunca da primeira edição, que se vendem com muita dificuldade. Eu não sei se não terá influência nisso, pelo menos em relação a uma certa faixa dos romancistas brasileiros, uma certa dificuldade de compreensão. Quer dizer, aquilo que, bem ou mal, se chamou ou se chama a carnavalização da literatura no Brasil. Ou melhor, o modo carnavalizado de exprimir a realidade brasileira... o público português é pouco sensível a isso. E muito mais sensível foi, quando escritores brasileiros tomavam – não quero dizer que eles não tomem a sério a realidade do país –, o modo de se aproximarem dela é diferente e está provavelmente, digamos assim, afastado da própria capacidade do leitor médio português de se aproximar, porque os seus problemas concretos, reais, são outros ou, pelo menos, exprimem-se de outra maneira. Mas nisto tudo, no fundo, o que me parece que há é isto – é outro lugar-comum, outra banalidade: A total ignorância em que vivem os dois países, Portugal e Brasil, ignorância mútua, entre os dois países. E francamente eu não vejo como é que se vai sair disso. A Camila Medina fez, não sei se vocês conhecem...

HC: Editora do Estadão.

JS: Agora já não está lá. Fez um excelente trabalho com entrevistas e reportagens em Portugal, e que foram publicadas no Brasil, e vice-versa, com escritores brasileiros que saíram depois em Portugal. Ficou uma espécie de relação entre algumas pessoas, mas apesar de tudo, não entra, digamos, no consumo diário. O português não lê o brasileiro e o brasileiro, afinal...

(*garçom interrompe*)

GARÇOM: *There is a lady who wants to speak to mister Costa, a Portuguese is looking for Mr. Costa.*

HC: Deve ser a Isabel...

JS: A Isabel... Mas vá o Horácio, que explica melhor... Ela está desorientada. Vamos ver como é que vai ser...

(*Interrupção final da entrevista*)

O QUE É, DE FATO, SER SARAMAGUIANO

Saulo Gomes Thimóteo

Ao longo das nossas vidas de leitores, nos deparamos com livros que parecem estar à nossa espera, com paciência, aguardando que ficássemos prontos para o que eles tinham a nos oferecer e, uma vez tomado contato com esses mundos outros de palavras e imagens, sente-se que o universo todo se realinha diante de nós, não se podendo mais retornar ao estado anterior.

É o que José Saramago acaba por fazer conosco, uma vez vencida a barreira das frases caudalosas, e altamente musicais, e dos jogos de vozes que se montam sem as muletas de travessões e pontos de interrogação. E eis que a pessoa se reconhece saramaguiana, isto é, descobrindo sentidos próprios seus naquilo que Saramago escreveu, diante de qualquer um de seus romances, ou mesmo de uma crônica em sua aparente despretensão ou ainda de um poema como eco de falas outras que ali se canalizam. A alguns, basta a leitura para si e o comentário aos amigos. Para outros, o mergulho na pesquisa se faz necessário, quase como urgência física, como se aquela esfinge de terno e óculos indagasse: "Devora-me e te decifra".

Cada estudioso e leitor da obra de Saramago tem a sua particular trajetória percorrida nos encontros com a obra e seu autor. Alguns o encontraram em noites de autógrafos, outros adoraram uma das muitas falas, conferências e entrevistas que deu ao longo dos anos, outros ainda se contentam em ler-lhe os livros, que também é uma forma de pô-lo em presença. O professor Horácio Costa relatou a sua, que gerou sua tese e livro *José Saramago: O Período Formativo* e mais artigos e capítulos e desdobramentos. Além dos encontros que produziriam entrevistas e conversas de grande valia acadêmica e humana, como a que aqui se publica.

O labirinto de leitores e leituras jamais se encerra, e continuamente chegam novas gentes, numa rede que se amplia, pois cada caminho aberto se bifurca, como já nos ensinava Borges. No meu caso, graças a uma mãe professora de literatura e a um irmão mais velho que lia o *Evangelho Segundo Jesus Cristo* e me despertava a curiosidade de saber o que lá havia, descobri, com doze anos, que José Saramago existia. Minha mãe, com receio do que poderia acontecer com minha cabeça ao ler o *Evangelho Segundo Jesus Cristo*, mas também não querendo que se fechasse a porta para esse autor, disse um "Não" com um tom de "Não ainda". Acabei me refugiando no *Ensaio Sobre a Cegueira* (como se esse fosse mais leve...), entendendo o que um rapaz de doze anos poderia entender de tal livro. Pois veio o Nobel, e na esteira dele, Saramago fez conferências pelo mundo, vindo ao Brasil, em 1999, para receber o título de doutor *honoris causa* pela Universidade Federal Fluminense. Minha mãe foi até lá, com a missão dada por meu irmão de conseguir um autógrafo. Não me recordo se pedi um também, mas talvez tenha ficado subentendido, por desejo de não ficar para trás de meu irmão – essas coisas que vêm desde Caim...

Em meio ao assédio todo ao senhor Nobel, minha mãe achou um meio de o encontrar e pedir o autógrafo em um *Objecto Quase*, e lá foi: "Ao Lucas, um abraço, de José Saramago". Minha mãe encheu-se de dedos, disse que iria em busca de outro livro para pedir um segundo autógrafo, ao seu outro filho, que estava lendo o *Ensaio Sobre a Cegueira*. Saramago estranhou, julgando minha mãe muito nova para já ter filhos em idade de se aventurarem em tais leituras, e questionou quantos anos teria esse segundo filho. "Doze", "Oh, mas é muito perigoso ele andar lendo esse livro", "Eu sei, mas não o posso proibir", "Cuidado lá que esse menino é um gênio..." Por certo que gênio não, pois, neste momento, como em todos, cem mil cérebros se concebem em sonhos gênios, e a história não marcará, quem sabe?, nem um. Mas foi incentivo bastante para minha mãe buscar outro livro para conseguir o autógrafo. Praticamente como o shakespeariano Ricardo III, poderia trocar seu reino por um livro do Saramago. Achou-o, mas o escritor já se fora, tragado pelo mar de gente que o levava para a conferência. Fiquei eu sem o autógrafo, enfim...

Cinco anos mais tarde, por uma sucessão de ações fortuitas, consegui enviar um *e-mail* a José Saramago, evocando a tal história com minha mãe, e dizendo que pretendia, no primeiro ano da graduação, fazer uma comunicação num seminário de iniciação científica sobre as "ousadias literárias" de seus romances... (Seriam NOVE romances, a serem comentados em quinze minutos, sem fundamentação teórica alguma, divididos em ousadias "sociais", "históricas", "religiosas" e "humanas". Perdoe-se o neófito pesquisador, mais interessado em compartilhar as maravilhas das descobertas das leituras feitas do que, propriamente, contribuir com a fortuna crítica do autor.)

E qual não foi minha surpresa ao receber uma "respuesta de Saramago", muito simpática e incentivadora, desejando sucesso na empreitada de investigar as suas "ousadias literárias", e à espera de que o tempo dissesse se Saulo Gomes Thimóteo seria um gênio ou não. Confesso que esse *e-mail* ultrapassou em muito a simbologia que teria o tal autógrafo malogrado, e foi combustível para que eu me tornasse saramaguiano *full time*, seguindo pelos bosques múltiplos de saramagos, e enxergando, por fim, nas suas crônicas o objeto de estudo para projetos de pesquisa, artigos, além do Mestrado e Doutorado – este último, sob orientação do professor Horácio Costa –, gerando-se, então, o livro *Está lá Tudo: A Crônica e o Cosmos de José Saramago*[1]. Como se vê, ao caminho criado por Horácio Costa, de investigar o período formativo saramaguiano, derivaram-se outras pesquisas, sobre a poesia, sobre as peças teatrais, e sobre as crônicas, talvez o gênero que mais auxiliou na formação do tom conversacional e de aparente despretensão a ser ampliado nos romances futuros. E essas pesquisas desembocam em outras pesquisas, e mais outras, e mais outras...

Saramago disse, numa entrevista, que gostaria de reunir todos os seus leitores e dialogar com eles. Penso que tal ação acontece nesse trânsito, de pesquisadores que leem outros pesquisadores, acrescentando as suas leituras e tecendo esse enredamento do conhecimento literário, cultural e humano, como os galos tecem a manhã de João Cabral de Melo Neto. E cada novo texto faz esse diálogo se renovar, como uma revisitação ao que já lemos e com a vontade de refazer as leituras, para lançar novas pegadas ao lado das que já fizemos, pois é preciso recomeçar a viagem, sempre.

Eis que, passados quase seis anos da minha defesa do doutorado, foi grande a surpresa quando o professor

1. Saulo Thimóteo, *Está lá Tudo: A Crônica e o Cosmos de José Saramago*, Curitiba, Appris, 2016.

Horácio Costa contou-me o périplo das fitas cassete, e se queria eu participar dessa odisseia, transpondo em texto a conversa dos dois naquele 6 de novembro de 1985. Então começou nova etapa, com o resgate de *walkmans* perdidos para que se pudessem ouvir as fitas, a transformação em arquivos de áudio, para facilitar (com especial agradecimento ao Samuel Lourenço, da Universidade Federal da Fronteira Sul, pela ajuda nos caminhos tecnológicos), e o *loop* contínuo de ouvir as frases até que ali estivessem na forma escrita. Ouvir os dois foi uma experiência indescritível, pois mesmo com os ruídos tradicionais de um café, os liquidificadores, as conversas e risadas das pessoas, parecia que os dois afastaram uma cadeira e pediram-me que sentasse com eles. Ouvir Saramago foi como ler Saramago, pois o movimento de construção da frase, abrindo-se em apostos que complementam o sentido pretendido, dá-nos o eco barroco da busca pela expressão clara e precisa do pensamento. Sentar-me ao lado deles e ouvir-lhes a conversa foi como a alegria da criança à primeira vez que compartilha a mesa dos adultos e ri das piadas que fazem.

Da mesma forma foi visitar a oficina do artista, a conversa de bastidores, para Saramago e Horácio Costa tecerem um sem-número de fios de assuntos que se cruzavam. A musicalidade da escrita barroca em cicloide, o afloramento da língua portuguesa, o António Vieira arquitetônico, a revisitação do romance histórico, o estilo saramaguiano nascido do *como* escrever, o número do Totoloto em que se aposta, os planos dos livros futuros, com direito a um segredo sobre *A Jangada de Pedra*, o lugar de Saramago na literatura portuguesa, tudo é um brinde a nós, leitores, que os acompanhamos tomando uma xícara de chá, no Café des Artistes, em Nova York.

Enfim, o Destino, o que quer que seja tal ser, fez com que agora, às portas do centenário de nascimento de José Saramago, as fitas dessa entrevista se fizessem ouvir, e ler, com novos caminhos possíveis de revisitar, pois, como ele mesmo diz lá pelas tantas da entrevista, "nós somos uma intertextualidade em movimento". Isso pode explicar, em termos, o que é o ser saramaguiano. É essa pessoa que questiona, a cada passo, "que povo é este que eu sou?", "que farei eu com este livro?", e cria, num mundo povoado por todas as leituras que já fez, por toda a cultura da qual faz parte, a sua voz própria, que revisita e, especialmente, desassossega todo discurso vigente, não se contentando com uma visão imposta por outros e propondo seu contínuo questionamento. É isso que Saramago é. É isso que os saramaguianos são.

Agradeço a Pilar del Río, viúva de Saramago, e agradeço imensamente ao professor Horácio Costa, eterno orientador, que se lembrou de mim e confiou-me tão prazerosa tarefa.

Título	*José Saramago, 6 de Novembro de 1985*
Autor	Horácio Costa
Posfácio	Saulo Gomes Thimóteo
Editor	Plinio Martins Filho
Produção editorial	Millena Machado
Capa	Ateliê Editorial
Editoração eletrônica	Adriana Garcia
Formato	13,5 x 21 cm
Tipologia	Minion Pro
Papel da capa	Cartão Supremo 250 g/m²
Papel do miolo	Chambril Avena 80 g/m²
Número de páginas	96
Impressão e acabamento	Graphium